Bodas de odio

Cathryn de Bourgh

Bodas de odio
Cathryn de Bourgh

Primera parte
Triste noche de bodas

Era el día más feliz de su vida o eso decían todas las mujeres que conocía, el día más feliz, el día de su boda y sin embargo la novia en vez de estar contenta o haberse puesto inusitadamente bella con su traje de bodas se veía francamente triste, desdichada.

—Vamos, cariño mío, anímate—le dijo su madre acercándose al espejo.

El contraste entre ambas era evidente, Angelica era alta, rubia y esbelta, su madre era bajita y regordeta y sin embargo había algo en sus ojos, en su sonrisa que las identificaba claramente como madre e hija.

—Lo siento, madre, es que no me siento muy bien hoy.

Los ojos de su madre se agrandaron.

—Es que vas a ponerte malita el día de tu boda? Oh, no lo hagas. Por favor. Aguarda...

Y la condesa Valenti llamó a su sirvienta y le pidió un vaso de agua.

—Enseguida— aclaró.

Una copa de agua fresca. La novia vio la copa pensando que su madre debía estar bromeando. ¿Una copa de agua para que no se pusiera malita, para que venciera los nervios y la rabia que la carcomía por dentro?

Resignada la tomó y bebió un sorbo.

—Ya estoy mejor, sólo es el calor de esta habitación.

¿El calor de la habitación? ¿A quién quería engañar?

Su madre sonrió aliviada.

—Apresúrate. Tu novio espera y el viaje es largo, cariño.

—Estoy bien—respondió la novia pensando que tenía muchas ganas de llorar y lo hizo. lloró allí con el vestido de novia puesto y el velo.

—Angelica, por favor, sabes que es lo mejor. Mi niña, todo esto es una respuesta a mis plegarias.

La novia secó sus lágrimas y suspiró, sabía que su madre tenía razón. Aunque fuera una boda concertada era lo mejor pues estaría a salvo. A salvo de ese barón chiflado que había estado acosándola desde hacía meses y que había cometido el desmán de intentar raptarla. Diantres, nunca había estado tan asustada en toda su vida. Nunca... convertirse en la esposa de ese loco era lo último que quería en esta vida. Prefería ser la esposa de un mancebo consentido y atolondrado como Rodolfo Borromeo.

Excepto que no le gustaba Rodolfo Borromeo, para nada. Era un jovenzuelo torpe y de carácter díscolo. Un muchacho, no el hombre que debía convertirse en su marido.

Pero mucho menos le gustaba el barón chiflado: Tadeo Galeano. El recuerdo de ese hombre la crispaba, la aterraba y casi sentía ganas de gritar de sólo imaginar que podía ir a su boda y salirse con la suya. Todavía temblaba al recordar las horas que estuvo a su merced, cuando la encerró en ese caserío oscuro y polvoriento, olvidado de los tiempos llamado Castillo negro y casi intentó hacerla suya.

Pero no la tocó, por suerte no llegó tan lejos, sólo la besó y acarició su cuerpo y le rogó que fuera su esposa. Dijo que la amaba. Por eso no le hizo más daño, según su madre. Cuando lograron rescatarla sin embargo pasó días enteros sin decir palabra y sus padres temieron que hubiera perdido la razón.

Lo primero que dijo fue: "madre, deja de llorar, el barón chiflado no me ha tocado. No me hizo ningún daño."

Esas palabras fueron mágicas para su madre, pero también su condena: ahora debía casarse en menos de lo que había imaginado y nada de escoger novio, ni tontear un poco en las fiestas. Sus padres le buscaron un esposo con prisas y allí estaba. En menos de tres meses estaba celebrando su boda. Con toda pompa y toda prisa.

—Angelica, ven, ya es hora. Llegaremos tarde a tu boda. Me siento tan orgullosa de ti.

La voz de su madre la volvió a la realidad. No dejaba de decirle lo afortunada que era y lo guapa que estaba como si con eso lo arreglara todo.

Habría preferido esperar y escoger ella un caballero que fuera de su agrado. Tenía tantos pretendientes, pero ninguno era suficiente para sus padres, que era muy viejo, que su fortuna escasa o su linaje insuficiente...

—Mi niña por favor, cambia esa cara, parece que vas a un funeral y no a tu boda—la señora Elena perdió la paciencia con su hija y esta volvió a llorar.

Y estuvo llorando el resto del viaje.

Sólo media hora antes logró calmarse, pero su cara estaba arruinada y su madre la miró preocupada. Al menos llevaba el velo, el velo la cubriría de su desdicha.

****

En la mansión de los condes Borromeo, un caserío antiguo y legendario en el corazón de la Toscana, todo era alegría y expectación.

El joven novio aguardaba nervioso la llegada de su prometida para ir juntos a la capilla que había en la suntuosa villa.

Era una tradición muy especial en la familia y todo debía ser perfecto.

Su padre, el conde Adriano Borromeo estaba levemente inquieto. Tan nervioso o más que su hijo. No hacía más que mirar a su alrededor esperando que su fiel criado le avisara que la novia había llegado.

Padre e hijo parecían casi hermanos, parecidos pero distintos, mientras que el rostro del novio expresaba inmadurez, picardía y capricho, el rostro del padre tenía más aplomo, aunque por tener sólo diecinueve años de diferencia el conde casi parecía el hermano mayor de su hijo. Sin embargo, los unía una relación conflictiva, Rodolfo le había dado muchos dolores de cabeza a su padre, era su único hijo y heredero y pensó que el matrimonio lo ayudaría a madurar y a asumir responsabilidades. De su matrimonio breve pero dichoso nació Rodolfo, su primogénito y también la pequeña Sassie. El rostro del conde Borromeo se ensombreció al ver a su hija, a la bella Sassie estaba allí en el salón, su retrato de cuando cumplió los diez años formaba parte del decorado y a sus pies flores blancas y cirios encendidos para recordar su memoria.

La pobre niña había muerto prematuramente de fiebres, pero desde su nacimiento había sido un ángel. Tan parecida a su madre, dulce y etérea, con tanta bondad y sabiduría a pesar de sus pocos años...

Sintió una emoción intensa al ver el retrato de su hija cerca del de su amada esposa Giuliana, era como si ambas estuvieran allí presenciando la boda de Rodolfo, esas pinturas tenían tanta vida. No en vano llamó al mejor pintor del país que retratase a su esposa y también a su hija ese verano, el artista había logrado plasmar en el lienzo la esencia de ambas y esa mirada tan especial...

"Cara mía" murmuró el italiano al ver a su niña y luego se detuvo a mirar a su esposa como si también pudiera hablarle "amore mío".

Un ángel voló al cielo ese día, cuando murió su niña el día de sol de primavera se convirtió en un cielo oscuro de repente, como hasta la naturaleza, divina obra de la creación estuviera de luto ese día y el cielo fuera como un telón que caía y se abría para recibir a su criatura más dulce en el cielo.

Se sintió mal, defraudado con el doctor por no haber podido salvar a su hija, pero la pobrecita estaba débil y su cuerpito no resistió, tuvo convulsiones, perdió el sentido y murió exánime. Y como si el cielo acompañara su dolor ese día también llovió, de forma repentina e inesperada y comprendió que esas nubes oscuras se habían juntado en el horizonte para desprender gotas gruesas de lágrimas, no era lluvia, era tristeza. su esposa lo dijo, con el corazón roto se acercó a la venta y su carita triste se reflejó en el vidrió del ventanal de la sala. Y luego de enterrar a su pequeña, apenas un mes después también tuvo que enterrar a su esposa.

La dulce y tímida Giuliana no había podido reponerse, la muerte de su hija precipitó la suya pues dicen que murió de pena, de un ataque al corazón una semana después. No pudieron hacer nada para salvarla.

El conde apartó esos tristes recuerdos pensando que no era oportuno sentir pena el día de la boda de su hijo. Tal vez todo estuviera mejor cuando su futura nuera le diera nietos y la mansión tuviera de nuevo niños correteando, gritando, llenando de alegría e ilusión con sus vocecitas.

Su hijo se casaría en la capilla como era tradición entre los condes Borromeo. Una iglesia y un panteón familiar para poner sus almas a salvo del pecado y las tentaciones.

Conocía bien a Angelica Valenti. Desde niña. Y sabía que su hijo había hecho una buena elección. Era una joven honesta y leal, educada rigurosamente por sus padres y muy respetuosa. Tranquila. No era una coqueta como esa otra joven que había vuelto loco a su hijo el año anterior. Elina Scarelli. Esa mujercita era todo lo contrario a una joven sensata y virtuosa.

Angelica en cambio se había convertido en una hermosa damita, educada y culta, tranquila. Nada dada al flirteo ni tampoco era perezosa y sabía bien lo que se esperaba de ella.

—Padre, mi novia está tardando demasiado—se quejó su hijo entonces.

Él lo miró sorprendido y confuso.

—Ten paciencia, las novias siempre demoran, además Angelica vive lejos, no lo olvides—respondió el padre.

El conde hizo un gesto adusto mientras aguardaba impaciente la llegada de la novia recordando la extraña petición de mano que había realizado en nombre de su hijo. La tardanza de la joven lo inquietaba también, pero pensó que debía ser por algún incidente inesperado, berrinches de la joven, tardanza en prepararse y estar perfecta... las damitas siempre tardaban horrores en aparecer en las fiestas, su peinado, el vestido, todo debía estar perfecto.

Sabía que hacía tiempo que su hijo rondaba la finca de la familia Valenti para verla, pero ella lo ignoraba. Al parecer no quería casarse todavía, pero sus padres habían sido firmes, una joven sana y hermosa no pasaría el resto de sus días en un convento como había ocurrido con su hija mayor. Angelica debía casarse y darles nietos a sus ancianos padres, no pedían otra cosa en esta vida y fueron muy sinceros al decirles que su hija aborrecía el matrimonio, pero había jurado convertirse en una buena esposa.

Era un matrimonio concertado y no se esperaba que los novios emitieran su opinión, pero el conde dijo que haría lo posible porque Angelica se sintiera como en casa en la mansión Borromeo. Pensó en ese día, el día que fue a hablar con sus padres.

La jovencita apareció de repente en el comedor y él la miró atónito. Parecía un fantasma y se notaba que había estado llorando.

—Mi niña por favor, ve a cambiarte. Arréglate ese cabello—le dijo su madre espantada sorprendida de que apareciera de repente así sin arreglarse nada.

Angelica llevaba el cabello rubio suelto y parecía una madona renacentista. Una madona triste y demacrada, por cierto. Hasta parecía haber adelgazado desde la última vez que la vio.

El conde la saludó sin ocultar su disgusto. No era esa la imagen que tenía de la jovencita, ¿qué había pasado con sus mejillas redondas y rosadas, su mirada risueña y risa contagiosa de antaño? Recordaba a Angelica como una niña alegre, llena de vida que sabía era la luz de sus ancianos padres.

Pero ese día el conde vio algo más que lo inquietó, la joven parecía no solo desdichada sino presa de un ataque de nervios. Esa joven no parecía ser adecuada para su hijo. Ni siquiera parecía alimentarse bien y en verdad que no parecía estar muy feliz con la boda.

Y al ver su cara de espanto la señora Elena Valenti, madre de la jovencita se acercó a su hija y le dijo algo en voz baja que sólo ella escuchó. Y luego alzando la voz dijo:

—Querida, saluda a nuestro invitado, es el conde Adriano Borromeo, tu futuro suegro.

Angelica miró al conde con expresión atormentada mientras murmuraba un saludo. Sus ojos no se apartaron de los suyos, inmensos, brillantes y tan expresivos. De niña los tenía celestes, pero ahora se habían vuelto muy verdes. Pero de pronto se apartó y habló con su padre, como si él no estuviera presente.

—Padre, por favor, no quiero casarme. No quiero hacerlo. por favor. No me hagáis esto. No estoy hecha para el matrimonio—declaró.

Lo dijo, tuvo la osadía de hablar así frente a su futuro suegro, sin importarle nada, lo dijo gritando como una desquiciada y el conde pensó que esa niña le daría problemas en el futuro. Qué mimada estaba. La culpa era de sus padres. Sassie jamás había sido tan consentida ni atrevida, de hablar así frente a las visitas. Frente a su futuro suegro.

La condesa Valenti intentó calmar a su hija y a pesar de ser una dama robusta le costó mucho controlar a la niña, que parecía sufrir un ataque pues comenzó a gritar que no se casaría mientras gesticulaba amenazante hacia uno y otro progenitor. La novia era como un ser endemoniado, como los locos del asilo que cuando se atacaban movían brazos y piernas y daban patadas como caballos salvajes sin que nada ni nadie pudiera controlarles. ¡Qué espanto! Qué pequeña fiera se llevaría su hijo al altar. Ciertamente que empezaba a considerar que su hijo no había escogido bien a su novia.

—Oh señor conde, por favor, perdone a mi hija. Es que ella es muy tímida—dijo entonces la condesa Valenti mientras su marido le hablaba a su hija y lograba que se controlara.

Pero entonces ella comenzó a gritar con todas sus fuerzas:

—Padre por favor, quiero ir al convento de Santa María, no quiero casarme. No seré una buena esposa. Padre.

El conde Borromeo sintió un sudor frío.

—Señor Valenti, tal vez nos hemos precipitado. A lo mejor su hija no está madura para el matrimonio—dijo con suavidad.

—Oh no, no piense eso caballero. Sólo es que está asustada. Es por las historias de fantasmas que escuchó de la mansión donde vivirá, seguramente ha de ser eso. Perdone a mi hija.

El conde pensó que su antiguo amigo decía eso porque no tenía cómo justificar lo que era a ojos vista un berrinche de niña mimada. Preferir un convento a la compañía y protección de un marido era cosa de solteronas, o de mujeres muy religiosas. ¿Realmente era tan religiosa o quería ir al convento porque le repugnaba el matrimonio?

De todas formas, todo eso no le gustaba y estuvo a punto de poner fin a ese compromiso. Pues habiendo tantas niñas casaderas en el condado, ¿por qué escoger justo a una que al parecer prefería ingresar a un convento?

—Lo siento mucho señor conde, por favor, debemos hablar esto con más calma con nuestra niña. Ella no se siente bien hoy, pero todo está bien, descuide. Todo se hará como lo hemos conversado.

Ese día el conde Borromeo se fue muy molesto y al regresar a la mansión pensó que debía hablar con su hijo y pedirle que escogiera a otra. No estaba seguro de querer seguir adelante con los arreglos para una boda. Aunque sus anfitriones lo escoltaron hasta la puerta y el padre de la joven le aseguró que sólo había sido un berrinche porque estaba asustada, él vio en esa niña un carácter fiero, indomable. Había cambiado y no se parecía en nada a la niña dulce que conoció una vez cuando asistió a una fiesta en la mansión de los Valenti. Ni siquiera se parecía a la joven del verano pasado, robusta y regordeta a la que muchos intentaban cortejar en secreto. Su hijo se escapaba para espiarla y cuando lo descubrió le prohibió acercarse de forma tan deshonesta a la hija de su viejo amigo. No era decente espiar a una jovencita, pero él no lo escuchó por supuesto, debió seguir mirándola, tratando de verla cuando salía a la iglesia o visitaba a sus parientes. Era una chica muy hermosa y delicada, y supo que un conde viudo la pidió por esposa y le ofreció mucho dinero a su familia. Quiso comprarla prácticamente. Estaba tonto como un mancebo y la quería como esposa. Pero sus padres consideraron ofensivo su ofrecimiento. Su hija no estaba en venta ni estaba lista para el matrimonio, dijeron. El viudo tomó muy mal la respuesta, era un chiflado pendenciero, tuvieron que hacerle una advertencia entre los parientes y amigos del anciano conde Valenti para que dejara en paz a la jovencita y dejara de merodear como un bandido.

Él vio a Angelica en la iglesia un día con motivo de la boda de su prima con el hijo del heredero Galeazzo y estaba muy hermosa con su vestido color rosa. Lo saludó y descubrió que había dejado de ser una niñita, se perfilaba como una mujer hermosa en un futuro no muy lejano y también notó entonces la agitación nerviosa de su hijo, la forma en que la miró cuando pasó junto a su madre. Era una jovencita muy hermosa, como un pequeño pimpollo de rosa, de carita redonda y mejillas rosadas, el cabello de un rubio oscuro con delicados bucles, la frente despejada y levemente curva y los ojos grandes y dulces y los labios rojos y tentadores. Cuando creciera se convertiría en una belleza que daría dolores de cabeza a sus padres si no la casaban pronto. O eso decían, pues al parecer en ese pueblo empezaba a provocar peleas y celos entre las mujeres pues envidiaban la belleza desbordante y casi atrevida de la jovencita y los pretendientes que se peleaban por cortejarla.

De eso le habló el padre de la joven durante las conversaciones sobre la dote y la boda de su hijo y el conde Borromeo no creyó que fuera para tanto. Coincidieron pues él también necesitaba casar a su hijo para que dejara de buscar la compañía de mujeres de mala vida y pillar una peste que dañara su salud. Ni tampoco que deshonrara a una joven decente. Sabía que solía salir de farra con sus amigos y retozar con alguna moza o campesina. Pero era mucho mejor tener una esposa y se lo dijo. Debía hacerse hombre y tener una esposa y saciar así su sangre ardiente y la necesidad de una mujer.

—Padre, quiero a Angelica Valenti, por favor. No quiero a otra mujer como esposa. Insiste. No te preocupes. Es una niña malcriada ya le he visto hacer berrinches.

—¿Y crees que sea apropiada para convertirse en la nueva condesa de estas tierras, hijo? —le preguntó su padre molesto y alerta.

Ese fue el primer problema, enterarse por su hijo que su novia tenía mal carácter, pero según él eso la hacía más encantadora.

—Es muy hermosa, padre, piensa en los nietos guapos que te dará.

Sí, la jovencita era guapa y lozana, de eso no tenía dudas y nada hacía presagiar que fuera estéril pues no era tan delgada como algunas jovencitas, pero...

—Sólo te advierto...

—Padre, regresa a la mansión de la rosa y consígueme a Angelica Valenti —exigió su hijo.

Pero el conde consideró que tal vez la boda con una jovencita que quería ser monja y que decía a gritos que no estaba lista para ser la esposa de su hijo no fuera buena idea.

Apartó esos pensamientos. Era el día de la boda de su hijo y debía estar alegre. Feliz. No diablos, estaba más nervioso que él, no dejaba de rezar para que todo saliera bien. Habría deseado decirle a su hijo que tuviera paciencia, que fuera bueno con su esposa, pero estaba demasiado nervioso para pensar con calma, no dejaba de preguntarse cómo estaría esa jovencita que había gritado a los cuatro vientos que no quería casarse y le había hecho una escena la última vez que estuvo en su casa.

Fue hasta el salón principal y saludó a los invitados, pero miró el reloj nervioso, la novia tenía más de una hora de tardanza y eso era extraño. Sabía que algunas novias demoraban, estaba de moda al parecer, además el viaje era largo, pero...

Llamó a su sirviente Amadeo para que investigara el asunto. Tuvo un mal presagio, algo no estaba bien y no sabía si eran sus nervios o algo más...

—Iré a averiguar señor conde—respondió su fiel mayordomo.

—Padre, ya está aquí, ha venido. Debemos ir a la iglesia—la voz de su hijo mirándolo sonriente y triunfal lo despertó de sus amargos recuerdos.

Estaba allí, la novia había llegado. Parecía un milagro. Gracias a Dios.

Amadeo, su fiel sirviente asintió con un gesto y se acercó con paso ligero.

—Está aquí señor, fuertemente escoltada, pero no trae buena cara—le dijo al oído.

El conde hizo un gesto de alivio.

Era increíble que una novia Borromeo tuviera que ser escoltada y vigilada y llevada a su propiedad a la fuerza. Para las mujeres de ese principado era un honor ser parte de la familia Borromeo, antigua y legendaria emparentada con reyes y emperadores. Pero había que tomar medidas pues temía que a último momento la jovencita intentara escapar o fuera raptada por algún bandido. Esos caminos no eran seguros, especialmente el paso del bosque, la vi que unía su condado con la ruta del tren. Vio a su hijo correr hacia el carruaje y lo detuvo.

—Aguarda Rodolfo, te pido que seas paciente con tu novia, Angelica está nerviosa, está asustada. No esperes que se entregue a ti sin luchar y no la lastimes, no la obligues si no quiere ser tuya esta noche—le dijo al oído.

Su hijo lo miró incrédulo y luego molesto.

—Es mi esposa y me pertenece, padre, y lo que pase en nuestra alcoba será asunto nuestro-le respondió.

Era la forma de cerrarle la puerta en la cara y hacerle entender que no podía entrometerse y sin más se alejó como un demonio rabioso rumbo a su prometida.

Rodolfo se detuvo frente al altar y no dijo nada. Estaba deseando poder reunirse con su esposa a solas y no iba a ser paciente, reclamaría lo que por derecho le pertenecía. Imaginó que Angelica no sería tan gazmoña de negarse a sus brazos esa noche luego de la fiesta y si estaba asustada ¿pues qué importaba eso? él no era precisamente un caballero, aunque fuera el heredero de la estirpe Borromeo... para algo se casaba, presionado por su padre y con el alegre cometido de darle herederos para la mansión.

En la capilla donde aguardaba se escuchó un murmullo y muchas cabezas giraron para ver a la novia que entró en el sagrado recinto caminando con paso lento del brazo de su padre, rumbo al altar.

Rodolfo estaba impaciente pues no le habían permitido acercarse a la novia pues una comadre lo sacó a empujones diciendo que era de mala suerte ver a la novia antes de la ceremonia. Diantres. Al parecer ese día todos se entrometían, hasta esa parienta vieja a la que nunca había visto en su vida. Los ojos del novio miraron embelesados a la bella novia rubia con cara de ángel, cubierta con un velo de tul y encaje que la cubría casi por completo. Sus ojos miraron con creciente lujuria su rostro y el vestido con un talle ajustado y un discreto escote que parecía esconder sus redondeces. Sus ojos se encontraron con los de ella a través de ese tul que parecía un horrible sudario y luego tomó su mano para llevarla al altar con gesto posesivo, autoritario. La joven lo miró con aflicción y se veía tan triste y desdichada.

El rostro enjuto del novio se tensó de rabia al comprender que realmente su novia había hecho un berrinche para no casarse con él y ni siquiera se esforzaba en disimular su tristeza y rabia por esa boda concertada, se notaba a la legua. Pues tanto peor para ella, muy pronto comprendería quién llevaba los pantalones en ese matrimonio.

Angelica tembló al ver la mirada intensa de su novio, sus ojos la miraban como si ella fuera su presa y él, el cazador. Apartó la vista disgustada y triste, muy triste por esa boda, nadie podía imaginar la angustia que sentía en esos momentos.

Reunidos en el altar el conde pensó que era la novia más triste que había visto en su vida. Y eso que había presenciado muchos casamientos en esos tiempos.

Pero la novia hizo sus promesas sin vacilar y una hora después se convirtió en la esposa de su hijo. Cuando su hijo le quitó el velo para darle un beso suave y sellar así la promesa él vio su rostro tenso y pálido y apartó la mirada. Eso no debía ser así, las novias solían ser tan hermosas y dulces, se veían tan radiantes. Su propia boda había sido tan distinta.

Observó a su hijo y notó que parecía tenso, nervioso, pero miraba embobado a su esposa. Todos la miraban. La observaban. A pesar de haber perdido peso y color seguía siendo muy hermosa y estaba bellísima con su vestido blanco de raso, con escote bordado de perlas.

El conde felicitó a los recién casados y besó a ambos compadeciendo a su hijo por lo que le esperaba.

****

Angelica miró a su alrededor aturdida, su nana le había dado una infusión para los nervios para que lo arruinara todo el día de su boda. Como si eso fuera posible. Aunque sus nervios estuvieran calmados por dentro ardía y sentía que quería correr. Echarse a correr muy lejos o desaparecer. Morirse. Todo eso había pasado por su mente cuando sus padres la obligaron a aceptar a Rodolfo Borromeo como marido. Habría escapado de ese carruaje, pero por desgracia su futuro suegro había enviado una fuerte escolta para que nada malo le pasara durante la travesía... como si algo pudiera pasar en ese lugar perdido del señor. Allí no había nadie, ni un alma, se durmió mientras el carruaje traqueteaba de un sitio a otro.

Pero estaba hecho. Era su esposa. Su madre le arrancó un juramento y no podía negarse.

Aunque no podía evitar sentirse horriblemente angustiada y nerviosa por esa boda forzada.

Sabía la razón. Sabía por qué había aceptado ese casamiento impuesto.

Porque había peores cosas en este mundo que ser la esposa de un malvado hombre de la casa Borromeo. Estaba a salvo, a pesar de todo estaría a salvo.

Trató de serenarse y saludar a los presentes mientras su novio se alejaba de ella para conversar con los amigos.

—Querida, te ves tan hermosa. Felicidades por la boda.

Escuchó los halagos, las felicitaciones de su nueva familia, y de los parientes de sus padres y se detuvo a conversar con todos mientras su novio la miraba a la distancia como si fuera un bocado sabroso a punto de devorar. Conocía esa mirada, la había visto antes.

Su madre estaba allí para cuidarla y animarla.

La conversación de la otra tarde la había dejado muy asustada. Habría preferido ignorar gran parte de todo eso, pero sabía bien cuál era su deber.

En cuanto estuviera encinta habría cumplido con su deber porque su suegro no tenía esposa ni más descendencia que ese hijo descarriado y palurdo.

Era un chico bastante atolondrado y bruto, pero ahora debía respetarlo porque era su marido y era un Borromeo, como su padre.

Miró a los amigos de su novio y apartó la mirada.

Su padre le había dado una paliza a ese pelirrojo y a su amigo el muy alto, no le gustaba nada la mirada de lechuza del más alto ni tampoco sentir que la miraban como si fuera una fruta deliciosa a la que deseaban devorar.

Estaba harta de todo eso.

Todos esos hombres mirándola, viejos, jóvenes, parecían una legión de impías criaturas del infierno.

—Ahora estarás a salvo, mi niña. Tienes un esposo que cuidará de ti siempre y es un Borromeo—le dijo entonces su madre. —Me siento tan orgullosa de ti.

—Gracias, madre. Espero ser una esposa buena para Rodolfo.

Su madre bajita y de cabello blanco y chispeantes ojos verdes sonrió.

—Te espera una noble tarea hija mía, llevar a Rodolfo por el buen camino y darle un nieto a tu suegro. Él va a adorarte cuando lo hagas, ya verás.

Lo dijo como si eso fuera verdad, como si el conde no la quisiera.

Angelica notó que su suegro que la observaba ceñudo a la distancia, disgustado, como si pensara que esa boda no era buena idea. Él no le tenía mucha simpatía ahora, a pesar de que siempre había sido muy amable con ella en el pasado. Parecía casi disgustado y no dejaba de mirarla, vigilarla, ¿acaso temía que escapara?

—Ven preciosa, debes sentarte a mi lado—le dijo Rodolfo apareciendo de repente.

Qué susto le dio y con qué efusividad rodeó su talle y apretó su cintura atrayéndola hacia él como si fuera una moza bonita con la que esperaba besarse y algo más. Así frente a todos. Angélica lo apartó despacio pero no pudo evitar sentarse a su lado en la gran mesa del banquete de bodas, una cena al atardecer que sospechaba se le haría eterna.

La joven se sentó y bajó la mirada cuando sintió la mirada maligna de su suegro. Era un hombre malvado y temible, heredero de una legendaria estirpe de hombres guerreros y crueles. La estirpe Borromeo venía del medioevo y se había formado con una leyenda, por eso su villa era inmensa y asemejaba una mansión inmensa y ostentosa, aunque su dueño lo llamaba Palazzo de Toscana.

Y pensar que su prima estaba envidiosa de ella por su boda y decía que cualquier dama debía sentirse honrada en vez de quejarse como lo hacía ella. pues con gusto le habría cedido su puesto, su lugar.

La novia apartó esos pensamientos, su esposo le había hablado.

—Come algo preciosa, te ves tan pálida. No quiero que sufras un desmayo.

El tono era autoritario, como cuando al casarse le dijo: intenta sonreír un poco cariño, todos nos miran.

Era un maldito pichón de demonio, un futuro demonio y no le agradaba.

Tenía un mal recuerdo de ese joven, algún tirón de cabello, empujón o golpe en alguna reunión o fiesta y también la sensación de que era un completo bruto.

Tragó saliva y obedeció. Recién se había casado con ella y ya le daba órdenes. ¿Qué se había creído ese palurdo?

Ni siquiera era un hombre. No tenía más de veinte años y era delgado, patudo y pálido, cabello negro y los ojos de un azul verdoso, ojos alargados que siempre le habían recordado a un zorro, un zorro mentiroso y artero.

Y sin embargo ese zorro tenía que escoger esposa pues su padre estaba harto de sus correrías y decía que una esposa podría enderezarlo.

La novia probó un poco del festín, ese plato era interminable, había coles, patatas, carne condimentada y aunque olía delicioso no tenía hambre. Odiaba estar allí, que todos la miraran que pensara que era una ingrata por no mostrar un poco de cortesía y contento.

Pero lo había prometido a su madre, había prometido ser una buena esposa.

Sabía que debía esforzarse, no tenía otra salida, acababa de casarse y el matrimonio era sagrado.

De haber podido habría escapado, de haber tenido la oportunidad, la fuerza, la ayuda de alguien lo habría hecho. Ciertamente que no entendía por qué de todas las jóvenes bonitas y casaderas del condado la había escogido a ella. No tenía amistad con ese joven, ni siquiera le agradaba, sus encuentros en el pasado y los últimos no habían sido algo especial.

Pero allí estaba, entregada como cordero de sacrificio pues sus padres querían que se convirtiera en la esposa de un caballero, de un hombre bueno, de soberbio linaje y que fuera capaz de protegerla en el futuro, cuando ellos ya no estuvieran.

Tembló al recordar la escena de esa mañana, cuando los tres lloraron y se abrazaron, el día de su boda y debía estar guapa y alegre, y sin embargo se sentía tan triste y desdichada.

Había soñado tanto ese momento, tanto había soñado con ese día, imaginándose con un hermoso vestido blanco del brazo de un apuesto caballero...

Jamás imaginó que su boda sería motivo de tristeza y que se sentiría así, tan triste y deprimida, furiosa por momentos y con unas horribles ganas de salir corriendo del banquete, de la fiesta de su propia boda.

Angelica meneó la cabeza como si hablara consigo mismo y no aprobara sus pensamientos y de pronto se encontró con la mirada del conde Adriano Borromeo.

No en vano tenía nombre de emperador romano, era un hombre fuerte y de mirada cruel y maligna y, sin embargo, era mucho más guapo y más hombre que su marido. ¿Qué edad tendría ese hombre? Era demasiado joven para ser el padre de Rodolfo... su madre le dijo algo de que se había casado a los veinte o antes, así que no podía tener más de treinta y ocho años.

Había algo siniestro y maligno en su estampa, algo que la incomodaba y la cautivaba. El cabello oscuro ondeando plateado en las sienes, los ojos oscuros, la mandíbula ancha, era un hombre fuerte y poderoso, acostumbrado a mandar, un digno heredero de la casa Borromeo. Sangre de reyes. Soberbio y taciturno, misterioso... todavía era joven y más que su padre parecía un tío joven de su esposo, aunque el parecido era evidente, su hijo era distinto, a su lado se veía insignificante.

Pero el conde Borromeo no la observaba porque pensara que se veía bonita con el vestido blanco, no era un hombre así, la estaba observando y sabía que estaba triste y furiosa por su boda.

Angelica apartó la mirada en el acto. Odiaba ser descubierta, ser espiada y no quería ni pensar lo que sería vivir en esa mansión teniendo a ese suegro maligno vigilando todos sus gestos, enviando sirvientes para que la vigilaran y cerraran todas las puertas por si intentaba escaparse.

Bebió de su copa de vino nerviosa. Sabía que debería embriagarse para soportar a ese palurdo torpe tratando de hacerla suya, era inevitable y le daba náuseas de sólo imaginarlo.

Podrían al menos haberle buscado un marido que fuera hombre no un mentecato que sólo le llevaba dos años y estaba más verde que un pimiento...

Le gustaban los hombres que eran hombres, que tenían barba y tenían una conversación interesante y una sentía que estaba frente a un hombre maduro, inteligente y tan amables. Los hombres mayores eran mucho más gentiles y mesurados, los jóvenes muy torpes y tontos.

Nunca le había gustado los muchachos de su edad, al contrario, la fastidiaba montones descubrir a ese grupo de imberbes imbéciles merodeando el sendero de la mansión de las rosas donde vivía para espiarla. Habría hecho una hoguera con todos ellos como en los tiempos más oscuros del medioevo.

Ninguno de esos estúpidos era digno de ser besado por ella y mucho menos pedir su mano. ¿En qué estaban pensando sus padres? ¿Por qué buscarle un marido tan joven que además le caía tan mal? Se quejó.

Pues porque el conde Borromeo buscaba una esposa para su hijo y él dijo su nombre, él fue quien la eligió.

—Sonríe un poco preciosa, todos te miran —dijo entonces su esposo.

Ella lo miró furibunda y no sonrió, permaneció con la mirada baja y distante, sumida en sus propios pensamientos mientras se servía otra copa de vino. Era mejor estar muy ebria esa noche, tanto que no se enterase de nada, eso mismo le había aconsejado su prima el día anterior.

Cuando llegó la hora del baile Angelica estaba triste y malhumorada y cuando su flamante esposo la buscó para bailar ella le dio vuelta la cara. Pero Rodolfo no estaba dispuesto a convertirse en el hazmerreír y la llevó a la fuerza hasta la sala de baile donde todos esperaban que la pareja bailara para luego unirse a los demás en ronda.

Era un baile tradicional y ella no tenía ni idea de cómo se bailaba, la música de cítaras guitarras y demás, les recordaba mucho a las fiestas de los campesinos del pueblo cuando corrían y saltaban de un lado a otro como ranas enloquecidas sin parar de un lado a otro, rayos, no se sentía nada cómoda y era horrible tener que bailar porque esas ranas estaban allí todas juntas esperando que ella comenzara el baile. Ya las imaginaba a todas saltando de sus asientos. Oh no, debía estar muy ebria para imaginar todo eso.

Su novio la miró furioso, aunque eso no podía saberlo, sus ojos rasgados brillaban, pero estaban tan escondidos que no podía saber qué sentía, sólo un gesto de la boca le hizo pensar que se sentía desilusionado.

—No sé bailar, lo siento—tuvo que decirle con la esperanza de que la dejara en paz.

—Entonces aprende, preciosa, tienes mucho que aprender esta noche—le respondió su esposo con una sonrisa.

Angelica bailó obligada y lo hizo con toda la torpeza de la que fue capaz y apenas pudo se escabulló. O intentó hacerlo.

—Angelica, ven aquí. ¿Cómo te atreves?

Era su joven marido, con ínfulas de hombre autoritario tratando de imponer su voluntad, reprobando por completo que se marchara.

—No me siento bien, estoy algo mareada—replicó ella con una vocecita mirándolo con ojos muy grandes.

—¿Mareada? ¿En tu fiesta de bodas? Es broma, ¿verdad? —se quejó sin compasión y quiso obligarla a regresar a la fiesta, pero Angelica lo empujó y se escabulló entre los invitados.

Estaba harta de ese muchachito, la habían casado con un hombrecito de diecinueve años, ¿por qué le habían hecho eso? ¿Por qué no la dejaron escoger?

Sintió ganas de llorar y lloró al tiempo que caía en los brazos de un antiguo enamorado. El señor Cesar Crespi.

Ese encuentro ese tropezón la dejó muy turbada pues allí había un hombre de verdad, un hombre maduro y guapo como eran de su agrado. Alto, fuerte, y con una barba poblada, los ojillos oscuros encapotados con una mirada fuerte, viril y los rasgos duros pero atractivos.

Su padre pensó que era una locura casarse con un hombre que le doblaba la edad, por alguna razón a su padre le repugnaba que se fijara en hombres tan mayores, hombres que podían ser sus padres. Para él era desagradable y un completo desatino. No lo aprobaba y así la amistad y el galanteo de ese caballero murió de repente, sin pena ni gloria, sin llegar más que a un par de palabras bonitas, flores blancas y un baile.

Su padre se mantuvo inflexible. No aceptaba esa amistad ni quería que esa amistad se convirtiera en algo más y Angelica se quedó allí tiesa sin poder hacer nada, viendo cómo se le escurría de las manos semejante candidato. Un hombre caballero, fuerte y tan agradable, de conversación cultivada y modales impecables.

Ese hombre no podía ser su marido.

Si quería casarse debía hacerlo con un joven de su edad, que fuera bueno y tierno, casi un niño. Como Rodolfo Borromeo. El rey de los tontos como ella lo llamaba en secreto riéndose de él a escondidas con sus amigas, el rey de los feos, el rey de los sapos que nunca sería príncipe.

Parecía una cruel burla del destino que ahora ese tunante fuera su marido.

—Discúlpeme caballero, es que...

Se sonrojó al sentir su mirada de embeleso y tristeza de su antiguo enamorado que por estar emparentado con su madre había asistido a la boda.

—Felicitaciones señorita Angelica. Por su boda.

Ella lo miró abatida. Habría deseado haber tenido un esposo así, que fuera un hombre no ese niñato que la hacía hacer el ridículo frente a todos, que la humillaba sacudiéndola como un bruto. Chilló al ver que la jalaba del vestido y la sacudía mientras le exigía que volviera ahora mismo a la sala de baile.

Miró a su antiguo enamorada sintiéndose horriblemente avergonzada.

—Suéltame grandísimo bruto. Déjame.

Los novios italianos dieron un verdadero espectáculo en esos momentos y todos le miraron escandalizados de que unos recién casados tan jóvenes se trataran tan mal. En especial el hijo del conde Borromeo que acababa de romper el vestido de su hermosa e indefensa novia que al sentir que la miraban todos con sorpresa y desaprobación se echó a llorar como una niñita.

El conde se puso pálido al presenciar la escena y aunque procuró suavizar la situación enviando a los músicos a tocar nuevas melodías, todos los ojos estaban puestos en la desdichada novia que lloraba angustiada mientras su hijo tenía una expresión salvaje de furia pues al parecer no lograba hacer que ella regresara a bailar ni mucho menos que dejara de llorar.

No era un buen augurio y lo había notado nada más ver a la gazmoña novia, se lo había advertido pero el muy tonto insistió. Ahora tendría que prepararse para lidiar con una esposa joven que lloraría por todo como una niña. Pero no podía dejar que su heredero siguiera portándose como un bellaco, debía tratar a su esposa con más cuidado y respeto. Así que se acercó a ambos y le dijo al rufián de su hijo que se tranquilizara o él mismo les daría un escarmiento frente a todos y sin importarle que fuera el día de su boda.

Rodolfo miró a su padre furioso, pero obedeció. Era bastante desconcertante tener que retar a su hijo, se suponía que ahora era un hombre casado y esperaba que eso lo hiciera madurar, pero lo visto no sabía comportarse y lo avergonzaba frente a todos.

Angelica se alejó porque no soportaba ser el centro de las miradas y buscó algún sitio para esconderse, sentía que le habría gustado desaparecer en esos momentos, pero su madre la encontró, por desgracia.

—Mi niña, cálmate. Todos te miran. No debéis llorar—le dijo. —Tranquila.

Angelica la abrazó y lloró como una niña, una niña desesperada porque sabía que su vida sería un infierno con Rodolfo Borromeo.

—Debes tener paciencia, obedece siempre a tu marido y todo saldrá bien, le debes respeto y obediencia.

La novia pensó que esa frase era injusta, las mujeres debían obediencia y sumisión y los esposos podían hacer de las suyas siempre. Mandar, gritar, golpear y exigir intimidad, o eso le había contado su amiga Elisa, y ella no podía negarse nunca porque si lo hacía su marido se enojaba y era un hombre bastante bravo de temperamento que le había dado más de una zurra.

Y cuando se quejó su madre le recordó la promesa que había hecho. La promesa de ser una buena esposa.

La joven novia contuvo las lágrimas y se alejó antes de que ese cretino la obligara a bailar o hacer algo que no quería.

****

Poco antes del anochecer todos los invitados se habían marchado a sus casas pues era invierno y hacía mucho frío, el sol empezaba a ocultarse a las cinco y media y todos estaban cansados de comer, beber, hablar hasta por los codos y sólo querían regresar a sus casas para sentarse frente al fuego y retozar. Algunos se quedaron a dormir y continuaron bailando, bebiendo o jugando a las cartas en el salón de villar.

El conde Borromeo estuvo muy atareado cuidando de que todo saliera bien y pensó que había sido una fiesta memorable, reuniendo antiguas amistades y nuevos parientes.

Sólo quedaban los amigos de su hijo que se habían puesto a jugar a las cartas en el salón de armas y a beber mientras charlaban y reían sin parar.

Miró impaciente al grupo, estaba deseando deshacerse de todos y como no tuvo mucha suerte pues al parecer pretendían quedarse a pasar la noche, llamó a su hijo aparte.

—Rodolfo. Debes tener paciencia con tu esposa y tratarla con respeto y delicadeza. ¿Has comprendido?

Su hijo lo miró con una expresión casi insolente mientras bebía una copa de jerez.

—Claro padre, como usted mande mi señor. Seré delicado. Pero no escapará a que la haga mía las veces que quiera esta noche.

El conde empujó a su hijo molesto por su insolencia.

—Estás ebrio, ebrio en tu fiesta de bodas y... ya te dije lo que espero de ti grandísimo palurdo. No le hagas daño a la hija de mi mejor amigo.

—Oh no le haré daño, padre, sólo el necesario hasta que se rinda a mí. Es una hermosa fiera mi esposa, ¿verdad? Tan bella y esquiva. Tendré algún trabajo al domarla.

—¿Una fiera? Tú eres la fiera. No hables a sí de tu esposa, todos te oyen. Respétala, es tu señora ahora, tu señora esposa y espero que no vuelvas a tratarla con la brutalidad de hoy, rasgando su vestido y empujándola como un bruto. Yo no te eduqué así, me decepcionas.

Rodolfo dejó de reírse y se puso serio.

—Lo haré padre, la respetaré, pero ella deberá obedecerme. Ya daré cuenta de esa consentida cuando la haga mía esta noche. —dijo y se relamió como si ya estuviera imaginando su gran noche de bodas.

El conde se alejó impaciente y pensó que no era prudente que su hijo visitara esa noche a su prometida en ese estado. La joven estaba asustada, nerviosa, y no podía entregarse a un esposo ebrio y atolondrado como su hijo.

—¿Dónde está la esposa de mi hijo? –preguntó intrigado pues de pronto cayó en la cuenta de que hacía horas que no veía a esa niña en el salón.

Su mayordomo le dijo muy serio que la dama se había retirado a descansar a sus aposentos pues no se sentía bien.

Eso le pareció una respuesta satisfactoria, pero pensó que debía hacer algo más y le dio instrucciones precisas a su criado de confianza para que no permitiera que su hijo entrara en el lecho nupcial esa noche.

—Son jóvenes, hay tiempo para su noche de bodas.

No estaba en sus planes hacer eso, pero ¿qué otra cosa podía hacer? Se daba cuenta de que si no hacía eso ese matrimonio sería un completo desastre. Y esa jovencita estaba nerviosa, aterrada, su hijo no querría lidiar con una mujer así en su noche de bodas, no sabría cómo tranquilizarla y lograr que cediera a sus deseos. Sólo empeoraría todo y él confiaba que con el tiempo siendo jóvenes pudieran entenderse, conocerse, y enamorarse como había ocurrido con él y su esposa hacía más de veinte años.

Se alejó satisfecho de su decisión y se puso a conversar con un viejo amigo que había ido desde muy lejos a la boda de su primogénito.

Decidió sentarse en el comedor y charlar con su amigo de esos temas apasionantes para los hombres de su edad, historia, política...

Una hora después, su hijo lo buscó furioso. al ver que se acercaba un momento desagradable se disculpó con su amigo y se alejó unos pasos.

—Padre, ¿por qué no me permiten entrar en mi habitación nupcial? Amadeo ha dicho que fuiste tú... tú has dicho que no puedo tocar a mi esposa esta noche porque estoy ebrio y la lastimaré—se quejó.

Del susto y la sorpresa había desaparecido casi por completo su antigua ebriedad.

—No es prudente acercarte a tu joven esposa oliendo a alcohol. Déjala. Está asustada y necesita adaptarse a su nuevo rol en esta mansión. Te pedí que fueras delicado y tú dijiste que no, qué harías lo que quisieras porque es tuya, pero resulta que esa joven es hija de un amigo mío y no permitiré que le hagas daño.

—Pero es mi esposa. Y es mi noche de bodas, padre. No puede castigarme así. Sólo he bebido unas copas, pero estoy bien. No le haré daño, además, lo prometo.

El conde se mantuvo firme y su hijo se desesperó.

—Padre, prometo que no le haré ningún daño...que la trataré bien, lo juro. Pero no me aparte de mi esposa. Se lo suplico.

—Eso dices ahora para convencerme, no te creo una palabra. Has actuado pésimo con ella en la fiesta, todos dirán que el heredero Borromeo es un bruto sin modales que trata a su esposa como si fuera una de las mozas que toma cuando se le da la gana.

Su hijo lo miró mortalmente ofendido y aturdido pues jamás se habría atrevido a desobedecerle o desafiarle, pero no podía creer que fuera tan cruel, era su noche de bodas y lo privaría de la mujer hermosa que era suya, era su esposa. Ella debía complacerle, debía entregarse a él, para eso la había desposado diablos, hacía años que soñaba con retozar con una dama tan delicada y hermosa como Angelica... qué bonita se había puesto, a pesar de que en el pasado era una niña salvaje que le sacaba la lengua y lo arañaba, al crecer se convirtió en toda una belleza de pechos llenos y cintura de avispa. Se excitó al recordar la vez que la vio bañarse con ese vestido ligero marcando las suaves curvas de su cuerpo delgado pero femenino, había visto embobado cómo la tela mojada se pegaba a los pechos llenos y redondos, muy llenos para ser una joven virgen y luego esa cintura fina y el triángulo de su sexo, pequeño trasluciéndose... sintió su miembro ponerse como roca al instante mientras pensaba que un día tendría a esa hermosa hembra aunque luego tuviera que casarse con ella y la siguió, la espió pero su padre lo sacó a golpes cuando lo descubrió un día.

Todavía no podía creer que fuera a desvirgar a esa hermosa joven del condado, la más hermosa y dulce, aunque con un carácter endiablado y que su padre le pusiera un frenillo como si fuera un caballo.

Pero no se rendiría. Dijo que sí para que lo dejara en paz, pero en secreto buscaría la forma de llegar a los aposentos nupciales. Sin que su padre se enterara, sin que ningún criado estúpido lo viera. Era un joven muy paciente cuando quería algo.

Y además conocía bien la mansión, como el palmo de su mano y sabía que esa alcoba tenía tres puertas, dos principales y una secreta, lateral. Podía entrar sin ser visto. Era una habitación pequeña que sólo se usaba cuando el esposo escapaba para reunirse con alguna moza o criada en secreto, dentro de la mansión. Se decía que sus ancestros habían desparramado su semilla en toda la ladea y que no había dama virtuosa ni gazmoña que escapara a llevar un bastardo en su vientre. Porque con solo una vez eran capaces de dejar encinta a una mujer. Sólo una vez. lo quisiera o no, ninguna escapaba de la lujuria de su linaje.

Rodolfo pensaba hacer los mismo. Su padre era un estúpido que se contentaba con retozar con esa viuda poco agraciada de pechos caídos que él encontraba francamente repugnante. Fiel a la memoria de su madre no había querido casarse y ahora esperaba que él le diera nuevos herederos a su linaje.

Y ahora arruinaba su noche de bodas porque le daba lástima la pobrecita Angelica, como si la hija de su amigo fuera más importante que su propio hijo.

Aguardó a que todo se calmara y tomó agua fresca y una infusión de hierbas para no estar ebrio, no quería que el alcohol arruinara su noche de bodas con su bella damita. Estaba harto de verla lloriquear por todas partes, quería enseñarle a esa niña que ahora le pertenecía y por más que eso le disgustara debía someterse a él y saciar su lujuria...

Encaminó sus pasos a sus aposentos nupciales moviéndose con sigilo y extrema prudencia para no delatar su presencia ni sus intenciones...

Su padre estaba loco si creía que podía dejar a ese lobo hambriento sin su presa. En su noche de bodas. ¡Qué cruel había sido!

Pensó que cuando llegara debía decirle a su esquiva damita que no gritara, amenazarla o atarla a la cama si era necesario. Sabía bien cómo hacer con las que no se dejaban, aunque muchas caían rendidas a sus pies y se dejaban tomar las veces que él quisiera otras se habían resistido, pero un amigo le había enseñado cómo domeñar a una bella mujer que opusiera resistencia y había aprendido muy rápido.

Ahora tendría una esposa hermosa para satisfacerle en la cama. Sintió su corazón agitado, acababa de llegar a la puerta secreta que conducía a sus aposentos. Abrió la puerta despacio con la llave que llevaba, la llave maestra que abría cualquier puerta, igual que su verga inflada por la excitación al pensar en su hermosa esposa esperándole medio desnuda en la cama. él también tenía una llave para abrir cualquier puerta...

Ella tembló al verle llegar, y lo miró sin ocultar su horror. Estaba despierta o quizás el ruido de la puerta la hizo despertar.

—Rodolfo, ¿qué haces aquí? Tu padre no te permite entrar esta noche. Me lo ha prometido.

Él sonrió de forma desagradable mientras se frotaba su verga pues sabía no demoraría en usarla con esa beldad.

—Preciosa, ¿qué le has dicho a mi padre para convencerle de demorar nuestra noche de bodas? Está embobado mirándote, creo que me pondré celoso.

Angelica pensó que su marido estaba ebrio para decir algo tan repugnante como eso.

—Marchaos de aquí de inmediato, maldito bruto. No me tocaréis esta noche ni nunca, antes prefiero morirme—chilló la novia y al ver que su marido no la obedecía, sino que avanzaba hacia ella tembló y gritó pidiendo ayuda, al tiempo que corría desesperada por la habitación.

—Ven aquí pequeña mimada, llegó la hora de que te hagas mujer en mis brazos y no creas que vas a engatusarme como a mi padre fingiendo lágrimas y berrinches. Yo te conozco bien Angelica Valenti, vuestra belleza sólo es comparable con vuestro mal genio. Eres una estúpida consentida y caprichosa, gritas y berreas siempre para salirte con la tuya y como vuestros padres son viejos siempre habéis salido airosa, pero ahora vuestra suerte ha terminado. Ahora tendréis un marido que os domará fiera salvaje. Ven aquí, deja de gritar o juro que os daré una zurra que nunca olvidaréis.

Angelica no pudo esquivar el primer golpe ni tampoco que la jalara y arrastrara a la cama como el rey de las bestias para quitarle enseguida su traje de novia que estaba intacto, hasta ese momento.

El hermoso vestido de raso y encaje se rasgó por la espalda pues allí tenía el corsé que lo sujetaba y él no tuvo ninguna paciencia al quitárselo. Sin vestido y desesperada Angelica se defendió y comenzó a morderlo mientras clavaba sus uñas en sus brazos y gritaba pidiendo ayuda.

El depravado novio lanzó un chillido agudo de dolor, pero eso no le impidió empujar a su esposa a la cama y sujetar sus brazos mientras la lucha continuaba porque la pequeña novia se defendió como un gato salvaje mientras gritaba y se retorcía de un lado a otro.

Los gritos de la joven se escucharon desde la habitación del conde que se disponía a descansar luego de una larga jornada.

De inmediato supo que algo pasaba en la habitación de su nuera y sin dudarlo fue a investigar.

Cuando llegó a los aposentos de su hijo lo detuvieron los criados que sonreían como si todo fuera algo gracioso que debía festejarse.

—Señor conde, no tema. Es su hijo. Al parecer encontró la forma de entrar en sus aposentos por la puerta secreta y está junto a su esposa ahora. Pero no tema, ha logrado domeñarla y ya no grita.

Esas palabras lo crisparon.

—Pero qué imbéciles, apártense ahora, mi hijo tenía prohibido entrar a esta habitación. ¿Por qué rayos no lo han detenido?

Los criados se miraron avergonzados, pero pensaron que era la noche de bodas del primogénito y entre marido y mujer mejor no meterse.

El conde estaba furioso y les dijo que se apartaran de su camino de inmediato. Pero al entrar presenció una escena violenta y desagradable.

—Rodolfo, ¿qué has hecho? Maldita sea. Te dije que no debías hacerle daño a vuestra esposa, que debías darle tiempo. ¿Es que te has vuelto loco?

Su hijo se detuvo y lo miró, era como un animal salvaje y tenía la cara magullada, tal vez mordida por su novia, ella también parecía lastimada y no dejaba de llorar y de luchar inútilmente. Fue una escena triste y penosa que lo enfureció aún más y furioso lo sacó a golpes de la habitación. Estaba tan furioso que lo habría matado en esos momentos.

La jovencita lo miró con los ojos rojos, aterrada, no pudo decir palabra hasta que comprendió que estaba medio desnuda ante su suegro y se cubrió avergonzada.

Su hijo se vistió de prisa y abandonó furioso la habitación.

El conde miró a la novia sin saber qué hacer. No podía confiar en sus sirvientes, allí estaban sin hacer nada, riéndose de toda la situación.

—Vístete, Angelica. Te llevaré a una habitación segura de la mansión para que estés a salvo de mi hijo. Mañana hablaré muy seriamente con él y lo castigaré.

Ella lo miró incrédula y agradecida, no podía creerlo. Su suegro la había salvado del demonio de su hijo y hasta lo había golpeado y amenazado.

El conde Borromeo se alejó para que pudiera vestirse y esperó afuera.

Angelica se vistió de prisa y luego lloró, no pudo evitarlo. Aunque lo peor había pasado todavía temblaba cuando su suegro la llevó lejos de la habitación para llevarla a un lugar más seguro.

¿O la llevaría a una prisión para que alguien la asesinara en el silencio del a noche? Los Borromeo eran hombres crueles y terribles. No podía esperar conmiseración de ellos.

—Ven. Por aquí. Sígueme.

Ella obedeció tiritando y no era por el frío que sentía, estaba asustada. Muy asustada.

Tuvo la sensación de que caminaba horas y horas y sintió las piernas flojas.

Sí que era inmensa esa casa.

Se detuvo al llegar al siguiente piso.

—Señor Borromeo, por favor, no puedo más. Necesito descansar.

Estaba agotada, con los nervios destrozados, y a punto de desvanecerse, él la sujetó a tiempo de caer desmayada.

El conde dejó escapar una maldición. No podía creer lo que había hecho su hijo. Cómo pudo ser capaz. Tratar así a una mujer, a su propia esposa.

Sintió náuseas al recordar la dantesca escena de Rodolfo sujetando a su mujer como sólo un bandido puede hacerlo, buscando inmovilizarla para forzarla como el más vil de los hombres. Un caballero Borromeo no actuaba así, eso no era lo que él le había inculcado.

Tuvo que llevar a la jovencita a la habitación de la torre en brazos. Era tan liviana que lo hizo sin esfuerzo. Tembló al sentir el cuerpo tibio y delicado de la jovencita y el halito, el calor de su piel le hizo pensar que podía entender la locura del barón cuando intentó raptarla. Era tan suave, tan dulce, tan etérea, tan mujer...

Se avergonzó de tener tales pensamientos con una jovencita que era, además, la esposa de su hijo y pensó que estaba cansado y malhumorado y nada podía estar bien esa noche, ni siquiera su cabeza.

Depositó a la novia en la cama y la cubrió.

Debía arroparla y dejarla descansar.

Mañana decidiría qué hacer, ahora no podía pensar con claridad.

Cerró la puerta con doble llave.

Era una habitación ciega, la más segura de la torre ni su hijo, ni nadie podría entrar. Estaba a salvo. O lo estaría hasta que tomara una decisión sobre lo que haría con ella. era claro que ese matrimonio había sido un terrible error. Su hijo no estaba listo para el matrimonio, se había comportado como un rufián y lo avergonzaba.

Al parecer se había equivocado al buscarle una esposa tan hermosa y delicada como Angelica Venturini. Él tenía que haber tomado esposa hace años y tener otros hijos en vez de conformarse con ese palurdo atolondrado.

Ahora pagaría las consecuencias.

O tal vez decidiera buscar una esposa dulce y virgen que le diera hijos hermosos y fuertes.

Se horrorizó al recordar la imagen de Angelica desnuda tendida en la cama inmovilizada por su hijo, era una imagen perturbadora que no podía apartar de la cabeza. Sólo un bruto trata así a una dama, a su esposa... maldición. ¿Cómo pudo ser tan desalmado? ¿No podía esperar un día o dos a que su esposa se tranquilizara? ¿Tenía que ir y arruinarlo todo?

La imagen de su nuera desnuda era triste y turbadora a la vez, demasiado turbadora. Apartó esos pensamientos y se encerró en sus aposentos para descansar, lo necesitaba, estaba exhausto.

****

A la mañana siguiente, una criada menuda y de grandes ojos cafés entró en la habitación para ayudarla con el aseo y las magulladuras de su triste noche de bodas.

Angelica se sintió avergonzada cuando esa sirvienta la ayudó a sumergirse en la bañera de loza y comenzó el aseo. Le dolía todo el cuerpo y tenía los brazos marcados con unos horribles cardenales.

Había estado a punto de hacérselo, de hacerla su mujer a la fuerza y lloró al recordar, sollozó en silencio pensando que nunca más querría que ese hombre la tocara. Se preguntó si eso era normal, si un esposo podía realmente tomar a una mujer a la fuerza si esta se negaba a complacerle, pues eso le había dicho su marido la noche anterior. "No quiero lastimarte, si te entregas a mí no sufrirás, pero si te resistes..." se había colado por la puerta como un zorro y cuando lo vio se llevó un susto de muerte. Al principio no sabía ni quién era, no lo reconoció y eso le puso los nervios de punta.

La criada la ayudó con el aseo y luego la envolvió en una manta para que pudiera secarse y vestirse. Con delicadeza le puso un emplasto en las marcas para que curaran más rápido. En pleno verano debería llevar los brazos cubiertos para no se notarán las heridas que le había hecho su esposo.

—Así está bien, pronto no se notarán—dijo su criada.

Ella la miró con curiosidad, luego pensó que tenía que escapar, si el conde se negaba a escucharle, huiría, no se quedaría en la mansión un día más.

Quería volver a casa, regresar con sus padres y sentir que todo era como antes, que nada de eso había pasado. Que esa boda nunca se había celebrado.

Si pudiera hacerlo. Si pudiera borrar ese día triste de su memoria. Pero no era posible y lo sabía estaba casada con el hijo del conde y no sería sencillo deshacer esa unión.

Abandonó la sala de baño y desayunó muy poco, no tenía hambre. En cambio, bebió la tisana para calmar los nervios que le trajo una criada poco después.

Tembló cuando a media mañana el conde fue a visitarla.

Una criada le avisó y ella se estremeció pues había temido que su esposo fuera a buscarla a tratar de vengarse o exigirle que volviera a sus aposentos.

Trató de mostrarse serena y se miró en el espejo nerviosa. Llevaba el cabello sin rizar y sus ojos tenían ojeras por la noche en vela que había pasado.

El conde entró y la miró muy serio, sin ocultar su disgusto.

Luego de un saludo formal, el conde le preguntó cómo estaba. Era una pregunta casi retórica, ella mintió diciendo que estaba bien, pero la angustia de sus ojos decía lo contrario.

—He hablado con mi hijo, Angelica. Él dijo que quiere disculparse contigo, que anoche había bebido y por eso su conducta fue tan deplorable.

Ella lo enfrentó retadora, incrédula.

Claro, ahora trataba de echarle la culpa a la bebida por sus modales de bandido.

—Su hijo no estaba ebrio señor Borromeo, él es así... Toma lo que desea y si no lo consigue, lo toma a la fuerza.

Esas palabras sorprendieron mucho al conde.

—¿Por qué dices eso? —preguntó con cautela el caballero.

—Porque es la verdad. Él entró en mis aposentos y me golpeó y de no haber llegado usted señor conde, nada lo habría detenido, se lo aseguro.

Él la miró contrariado, apenado.

—Me pidió una oportunidad. Se disculpó por lo que hizo anoche y quiere pedirte disculpas. Dice que eres su esposa y no quiere que eso cambie.

—Por favor, señor Borromeo, esta boda fue un error, fui forzada a ella y ahora comprendo que jamás debí casarme con su hijo. No estoy hecha para el matrimonio. Mis padres me obligaron a aceptar a su hijo. Porque son viejos y querían verme casada con un joven de mi edad.

Él la escuchó paciente, pero se mantuvo inflexible.

—Este matrimonio no puede deshacerse. Debes darle tiempo a mi hijo, él lo lamenta. Ambos son tan jóvenes e impulsivos... deben tener paciencia, los dos.

—No, no quiero darle ningún tiempo. mire como me ha dejado en mi noche de bodas señor Borromeo. ¿Qué me hará después?

Las marcas en sus brazos y su cuello eran evidentes y la jovencita estaba aterrada. Podía entenderlo. Su hijo realmente había actuado de una forma tan vil. Pero dijo estar arrepentido, le rogó que le permitiera acercarse a su esposa para pedirle perdón, pero no creía que fuera un momento ahora. Mejor esperar a que todo se calmara.

—Entiendo vuestra angustia, pequeña. Realmente me siento indignado y apenado por la conducta inexcusable de mi hijo. Lo castigaré, lo castigaré como creo correcto, manteniéndolo alejado de su esposa hasta que pague por lo que hizo.

—¿Y cree que eso sea suficiente señor conde?

Su suegro la miró sorprendido, no esperaba que ella retrucara y cuestionara sus decisiones.

—Angelica, no puedes pedir la anulación, realmente es lo que deseas? ¿Quieres regresar a tu casa y solicitar la anulación? Sólo mi hijo puede pedirla y si lo hace nunca más podrás volver a casarte. Nadie te querrá por esposa.

Ella asintió.

—Por favor, señor Borromeo, se lo suplico. Quiero la anulación.

—Mi hijo no va a dártela nunca, eres su esposa ahora y le perteneces. El matrimonio es sagrado. Piensa en eso. Además, piensa en el disgusto que le darás a vuestros padres. Son personas mayores y te adoran.

—Pues quisiera que ellos vieran lo que me ha hecho su hijo, señor Borromeo. Que vean lo mal que me ha tratado en un solo día de matrimonio—su voz se quebró y lloró.

El conde guardó silencio.

—Hablaré con mi hijo, pero él se opondrá a anular la boda. Él está enamorado de ti, Angelica, hace tiempo que sigue tus pasos y eres la única en la que se ha interesado. Es la verdad.

—¿Enamorado de mí? ¿Acaso todos los hombres de su familia aman así a sus esposas?

El conde la miró molesto.

—Amé mucho a mi esposa, Angelica. Y jamás le habría hecho daño y así también lo hizo mi padre. No puedes dejarte llevar por los rumores que se cuentan sobre los Borromeo y perdono tu insensatez al decirme esas cosas pues entiendo que estás muy triste y nerviosa hoy. Te dejaré descansar. Piensa con calma. Encontraremos una solución. A lo mejor sólo necesitan tiempo para conocerse un poco mejor y luego convertirse en marido y mujer. Son tan jóvenes—insistió.

No, ella no necesitaba tiempo sólo un carruaje que la llevara de regreso a su mansión, enseguida y se lo dijo, sin reparos.

El conde la miró sorprendido, pero no dijo nada.

Al menos debía agradecerle su gentileza teniendo el caballero un hijo tan canalla, realmente era un milagro que su padre no fuera igual o peor.

Angelica regresó a la cama deprimida. Ese día no podría salir ni hacer nada más que descansar y lamentar haberse casado con ese demonio. Ahora no le sería tan fácil librarse de él y lo sabía. El escándalo sería mayúsculo, el escándalo y el deshonor de ser devuelta a sus padres como una mujer sin virtud ni valor alguno. Eso los mataría del disgusto y lo sabía. Pues sólo las que no eran virtuosas eran repudiadas luego de su noche de bodas, si es que su marido tenía el coraje de hacer tal cosa pues el escándalo era para ambas familias.

Lloró de rabia y dolor al comprender que no podía simplemente volver a casa como tanto soñaba. Que jamás sería libre, a menos que enviudara.

Pero debía haber otra salida, debía haber alguna salida para ella.

Pasó los siguientes días encerrada triste y deprimida hasta que se dijo que necesitaba estirar las piernas y relajarse, caminar un buen trecho como lo hacía en su propiedad.

Por fortuna para ella su bruto marido no la había buscado ni se le acercó esos días, pero no sabía qué pasaría después. Su suegro no quería anular la boda como le había pedido y podía entenderlo, para él solo era una pelea de recién casados. Sin embargo, Angelica no podía olvidar su horrible noche de bodas, los golpes y la forma en que ese marido suyo quiso tomarla a la fuerza, con brutalidad y casi había estado a punto de lograrlo. La angustiaba pensar en eso, pero no podía sacarlo de su cabeza y se preguntó por qué ella debía estar encerrada y el bribón suelto.

Así que luego de desayunar y asearse le dijo a una criada Annie que daría un paseo.

Esta la miró sorprendida.

—Pero señora Borromeo, aguarde, debo preguntarle al conde.

Angelica miró a la criada sorprendida y disgustada.

—Preguntarle a mi suegro si puedo dar un paseo? Todas las mañanas salgo a dar un paseo.

—Sí, es verdad, pero es que hay visitas y la mansión está lleno de personas extrañas merodeando.

Eso era mucho más desconcertante.

Aguardó inquieta a que su sirvienta fuera a preguntar y tuvo la sensación de que pasaban mil años hasta que la criada de cofia blanca y expresión huraña regresó y dijo que podía dar un paseo corto pues había mal tiempo.

Angelica aceptó las condiciones, un paseo corto y fuertemente escoltada. Miró nerviosa a su alrededor, pero no vio ni rastro de su marido, afortunadamente.

Tembló de emoción al contemplar el paisaje verde de praderas y ese lago de plata a lo lejos. Había algunas nubes en el horizonte, pero nada que hiciera prever una tormenta de finales de verano, de todas formas, valía la pena estar allí, empezaba a sentirse encerrada en esa casa, como si fuera una esposa cautiva y no una esposa Borromeo.

Era tan injusto. Ese tunante la había lastimado y dejado aterrada y nerviosa en su noche de bodas, y pensó que sería suficiente para dejarla marchar... pero su suegro no lo había considerado. Esperaba que todo se calmara con el tiempo. No lo culpaba, sus padres habrían dicho lo mismo y se habrían disgustado de saber que su matrimonio se habría arruinado.

No, no quería pensar en eso ahora, en su triste destino y en que tarde o temprano debería compartir el lecho con ese mancebo bruto sólo porque era legalmente suya.

Escaparía. Escaparía de esa mansión en cuanto pudiera. No soportaría jamás que ese hombre le hiciera un bebé y la obligaran a pasar el resto de su vida a su lado, atada a ese demonio bruto y de mal carácter.

Quería escapar, tenía que escapar. Su destino no podía ser tan cruel.

Caminó durante un buen rato hasta que cansada se sentó.

Las tres criadas que la acompañaron parecían inquietas cuchicheando entre sí.

—No se aleje tanto, señora—le advirtió una de ellas.

No contestó, ¿se suponía que debía soportar a ese par como si fueran sus guardianas? No eran más que criadas y actuaban como si fueran sus nodrizas o algo así.

Angelica se alejó molesta, quería estar sola y pensar. No sentía ganas de ver a nadie en esos momentos. Pero rendida se dejó caer en un banco que había cerca de una fuente de agua en los jardines con forma de Edén. Todo allí era tan hermoso y cuidado como si alguien hubiera pasado mucho tiempo en su diseño y luego conservación. Era evidente que el conde estaba orgulloso de sus jardines y debía emplear muchos jardineros para mantenerlo impecable.

Vio la mansión, ese caserío llamado mansión a la distancia y se preguntó qué pasaría con ella ahora. ¿La obligarían a ser la esposa de

Rodolfo? ¿Quedaría atrapada para siempre en un matrimonio sin amor, soportando a ese bruto día tras día, sus malos modales, que la tomara las veces que quisiera y la golpeara si se negaba?

Angelica no estaba a acostumbrada a eso, la brutalidad la asustaba y le provocaba miedo y repugnancia. No podía simplemente resignarse y pensar que las cosas mejorarían con el tiempo. ¿Con qué clase de bruto la habían casado sus padres? ¿Cómo estuvieron tan ciegos de entregarla a ese demonio?

No olvidaba lo que había hecho en su noche de bodas, la forma en que la jaló, rompiéndole el vestido y dejándole marcas en el cuello, en los brazos y en la cara pues no vaciló en golpearla para lograr que se rindiera.

Era una bestia, era un maldito animal y sus padres tenían que saberlo, debía decirles lo que le había hecho su marido. Sabía que ellos la defenderían, eran sus padres, su familia, no la dejarían sola en una situación tan triste y penosa como esa.

Trató de serenarse y meditar sobre lo que haría mientras contemplaba ese hermoso paisaje de flores, madreselvas y arbustos. Todo tenía tanta calma, tana paz.

Pero su angustia al pensar en el futuro regresaba una y otra vez y pensó en sus padres debían enterarse de que no la estaba pasando nada bien en la mansión de los Borromeo.

De pronto vio a una de las criadas pareció ponerse tensa y entonces vio aparecer a su esposo, que apareció de repente, como un diablo rojo y tras dar un par de zancadas se le acercó. No sonreía, había algo rapaz y huraño en su expresión.

—Hola preciosa, al fin sales de tu guarida—le dijo y sonrió como si disfrutara al ver el terror que su presencia le provocaba.

Angelica retrocedió espantada y quiso gritar, pero ese cretino le cerró y el paso y se le plantó delante con singular arrogancia.

—Déjame en paz—le gritó aterrada.

—Ven aquí niña, ¿a dónde vas pequeña malcriada? ¿Crees que podrás permanecer mucho tiempo lejos de mí? Eres mi esposa y no voy a concederte la anulación. Tú eres mía ahora y pronto os tendré en mis aposentos, aunque tenga que atarte y maniatarte.

Angelica corrió, pero él fue más rápido pues conocía bien el camino y no tardaron en caer los dos, ladera abajo. Ella gritó y pidió ayuda, pero las criadas se quedaron allí mirando como pasmadas, sin hacer nada mientras ese maldito sujetaba su cintura y le robaba un beso ardiente mientras la inmovilizaba con el peso de su cuerpo. Era un bruto y no había cambiado, y su suegro era un tonto al pensar que podía hacer que su hijo tuviera mejores modales. No. Ese cretino nunca cambiaría.

—Eh tranquila, deja de gritar, mujer. Debes entender que no puedes negarte a mis brazos. Si lo haces será peor para ti porque te lastimaré y luego tendrás que cubrirte para que nadie vea los cardenales en tus brazos. Pero esto no pasaría si tú supieras cuál es tu deber. En vez de chillar como niñita asustada aprende a ser una verdadera esposa—le dijo él con gesto furibundo.

Ahora justificaba su vileza y le achacaba a ella sus malos tratos.

Angelica se puso muy nerviosa al verse sola y a su merced pues al parecer el señor Rodolfo Borromeo hacía lo que quería.

Lloró y suplicó que la dejara en paz y de pronto apareció un hombre para defenderla. Un hombre joven y apuesto que se veía bien vestido. Como un caballero. Alto, de cabello pelirrojo y profundos ojos cafés.

—Deja en paz a esa joven, Rodolfo. Eres un cretino.

Él la liberó y se le rio en la cara al recién llegado.

—¿Y tú quién eres? ¿Cómo te atreves a venir a mi mansión a insultarme y a entrometerte en mis asuntos? Por si no sabes estúpido palurdo ella es mi esposa.

El desconocido miró a Angelica con pena.

—¿Tu esposa? ¿Y eso cuando pasó?

Su esposo estaba casa vez más furioso y miró a ambos con desconfianza.

—Hace unos días y fue una gran fiesta, ¿verdad cariño?

Ella se alejó todo lo que pudo, pero Rodolfo no la dejaba en paz y volvió a agarrarla para besar su cuello y decirle al oído que esa noche sería suya.

—¿Es tu esposa? Es demasiado guapa y tierna para un bruto como tú—le dijo el atrevido mancebo que al parecer tenía muchas ganas de pelear.

—Soy un Borromeo y debo tener la esposa más linda. ¿Tú quién eres? ¿Cómo te llamas? Nunca te había visto y tu acento delata que no eres de aquí.

El desconocido sonrió.

—No, no soy de aquí, pero he venido a ajustar cuentas contigo maldito, por lo que le hiciste a mi prima Fiorella Cassani. La violaste con la ayuda de tus amigos y le dejaste un bastardo en la barriga, ahora ella deberá casarse con su prometido con un regalo en su barriga, fruto de la deshonra.

Rodolfo se puso serio.

—No sé de quién hablas, pero si tiene prometido el niño ha de ser de él y no mío. Pero ya sé quién es... Hace tiempo que esa niña me busca y me mira, sólo le di lo que ella quería. Y mucho que le gustó que pasásemos la noche juntos aquí, en mi mansión. ¿Acaso te dijo que yo la forcé? No es verdad. yo no necesito forzar a ninguna dama, todas me buscan de una forma u otra—se jactó mientras enfrentaba al desconocido.

Angelica aprovechó la distracción para correr. No le interesaba esa conversación entre Rodolfo y el desconocido, sólo escapar, correr hacia a la mansión y ponerse a salvo de ese bruto.

Ojalá ese hombre le diera una paliza y lo dejara medio muerto en el camino.

Mejor sería no decir palabra de lo que había visto.

Lástima que al llegar a la mansión una de las criadas le dijo a alguien del intruso. Maldita bocazas.

Se escabulló deseando tener un poco de tranquilidad. Pidió a una criada que por favor le consiguiera una pluma y hojas para escribir una carta.

Tenía que enviar un mensaje a sus padres, decirles lo que había pasado. Para que fueran a buscarla enseguida y exigieran que le concedieran la anulación.

Cuando escribió la carta, una hora después la colocó en un sobre, la cerró cuidadosamente y se la entregó a un criado para que la llevara a su casa de inmediato.

En esa mansión sentía que el tiempo se detenía y nada era igual al mundo exterior. Casi se sentía como si vivieran en el Medioevo con sus costumbres bárbaras de maltratar mujeres, gritar, embriagarse y mostrarse airado por cualquier motivo. Y encerrar a la novia en los aposentos del ala este, aislarla, y prohibirle regresar a su casa. Estaba harta de todo eso y sólo quería convencer a sus padres de que deshicieran esa boda. Su paseo matutino se había arruinado por culpa de su esposo. Mientras se alejaba escuchó las voces airadas y la expresión iracunda del pelirrojo. Deseaba que le hubiera dado una paliza.

****

2 Secretos

A media tarde el conde fue a verla a sus aposentos.

Tenía algo en sus manos, una carta.

Angelica no tardó en comprender que su suegro había abierto la carta que ella había enviado esa mañana a sus padres y parecía molesto, casi ofendido.

—Ha llegado a mí esta carta, Angelica. Fue por error, un sirviente la dejó en mi habitación y cuando comprendí que no era para mí me sentí intrigado y la leí. Siento mucho que te sientas así. Y que sientas que te han casado con un demonio. Mi hijo tiene malos modales, pero no es un demonio—dijo él.

Ella lo miró aturdida, no podía creerlo.

—No debió leer mi carta. Era para mi madre, señor conde—le dijo ella nerviosa.

Él la miró molesto de que le respondiera como una niña mal enseñada.

—Fue un error y lo lamento por su supuesto, pero... ¿Tú realmente esperas que tus padres soliciten la anulación de tu boda por una pelea conyugal? Mi hijo ha dicho que nunca te concederá la anulación ni te dará el divorcio. Por favor, trata de tranquilizarte, deja de enfadarte y de pensar que somos monstruos. Prometí a tu padre que cuidaría de ti y lo haré.

—¿Cuidar de mí? Su hijo volvió a molestarme esta mañana mientras daba un paseo, me amenazó con darme una paliza si volvía a negarme a él—mintió ella—nunca me dejará en paz.

—Eso no pasará, no lo permitiré. Rodolfo es algo impulsivo, es inmaduro lo sé, pero no es un bribón. —hizo una pausa—Ambos son jóvenes y deben aprender a resolver sus rencillas y problemas. Todos los matrimonios tienen dificultades a veces.

Ella sostuvo su mirada con insolencia.

—Para usted todo es normal, pero de dónde vengo los hombres son caballeros y jamás hace daño a sus esposas. Esta mansión es un lugar sombrío y extraño, aquí nada es como debería ser y su hijo es insufrible y no quiero esta boda. Quiero volver con mi familia. Por favor, creo que esta boda fue un gran error y no soy la esposa adecuada para su hijo.

No pudo terminar la frase porque él se atajó diciéndole que tuviera calma y pensara en sus padres.

—Piensa en lo que sufrirán si os ven tan desdichada, niña, tranquilízate. Mi hijo necesita tiempo, te ruego que seas paciente con él, las mujeres son tan dulces y pacientes. Debes convertirte en su mujer, aunque eso te disguste. Porque hiciste una promesa a nuestro señor y esa promesa la debes cumplir.

Ella lo miró furiosa, con los ojos llenos de lágrimas.

—Una promesa que fue arrancada a la fuerza señor conde. Una promesa que ...

—¿Realmente prefieres que te devuelva a tu casa y todos sepan que no eres digna de ser la esposa de nadie? Piensa en el dolor, en el disgusto que causarás a tu padre, a tu familia, a tus amigos. Nadie volverá a hablarte y mucho menos a invitarte a una fiesta.

—Eso no me importa, señor Borromeo. No me importa. Quiero el divorcio, quiero la anulación de mi boda.

—Te estás precipitando. Eres una dama casada ahora y perteneces a mi hijo, aunque eso te haga tan desdichada. Necesitas tiempo y algunos consejos para poder sobrellevar esto que te parece tan difícil. Espero que actúes con sensatez y no digas a nadie que quieres el divorcio. Ni a mi hijo por supuesto, eso lo disgustará.

Angelica apretó los labios para no decir algo indebido, para no gritar ni llorar como deseaba hacer.

—Sé que todo esto es nuevo para ti, que te sientes lejos de tu familia y de tu hogar. Es comprensible que todo te parezca malvado y extraño. Pero he hablado con mi hijo estos días y él está dispuesto a recapitular a esforzarse para poder ser un esposo bueno y paciente.

Ese hombre estaba ciego o estaba loco. ¿Esperaba que el bruto de Rodolfo Borromeo recapitular, reconocer en algún momento su brutalidad y desenfreno? Un hombre extraño acababa de acusarlo frente a ella de haber seducido a su prima y poco antes había estado apretando sus pechos mientras la besaba como un bruto en medio de la pradera ante la mirada impávida, inerte de ese par de criadas inservibles.

Angelica soportó estoica el sermón sobre el matrimonio, la obediencia y demás y dijo:

—No soportaré la brutalidad en un esposo, señor conde. No fue para ser atormentada y violentada que me casé con su hijo. Yo realmente quería ser una buena esposa para él, pero no esperaba encontrar en mi lecho de bodas un demonio tan lascivo y violento. Y me aterra que vuelva a ocurrir, que vuelva a golpearme, a sacudirme.

Se lo dijo y el conde la miró con fijeza.

—Sería mejor que habláramos cuando estés más tranquila. Ten esta carta. Guárdala. Piensa en lo que hemos conversado. Todo irá mejor cuando asumas tus deberes de esposa, pero hay tiempo para eso, no pretendo que sea apresurado. Cuando ambos estén listos para limar asperezas y...

Angelica lo miró furiosa y él sostuvo su mirada.

—No te pareces en nada a tu madre, pequeña—le dijo y sonrió.

Ella iba a replicar, pero él hizo un ademán impaciente.

—Tranquilízate, ten paciencia. Ambos son muy jóvenes y sé que con el tiempo llegarán a entenderse. Pero tarde o temprano tendrás que ceder y comprender que no todo es color de rosa en el matrimonio. Yo hablaré con mi hijo, procuraré que se controle y se comporte de forma adecuada, haz tú lo mismo y acepta convertirte en suya cuando sea el momento. Pues para eso se han casado, ¿no es así? Para ser marido y mujer y darme un heredero.

La rabia de Angelica dio paso a la sorpresa y el estupor.

—¿Un heredero? —dijo.

—Sí. Mi hijo debe darme herederos para esta propiedad.

Ella pensó que a ese hombre no le importaba un rábano su suerte, decía ser amigo de sus padres, pero en verdad que sólo pensaba en su estirpe, en el futuro de su antiguo linaje de reyes. Sólo era un peón en su juego y poco le importaba si su hijo la tenía por las buenas o las malas.

De pronto se alejó porque no soportó sentir su mirada. Sintió que odiaba a ese hombre. Era igual a Rodolfo o peor, pues era egoísta y no le importaba nadie.

Lo más triste fue que pensó que él era bueno, era distinto a su hijo. La había salvado de él, pudo dejarla esa noche a su merced si tanto quería un heredero, pero la salvó. Sólo esa noche. Esperaba que ella cambiara de idea y pronto se reuniera con su hijo en los aposentos nupciales y se convirtieran en un verdadero matrimonio.

Angelica comprendió que estaba más sola que nunca. Y si esa carta no llegaba a sus padres, si ellos no sabían lo mal que lo estaba pasando difícilmente podrían rescatarla de esa mansión.

Tenía que hacer algo, tenía que evitar que ese loco le pusiera un dedo encima. Pues si lo hacía y la dejaba encinta como hacían todos los Borromeo al parecer pues eran unos malditos sementales.

Su mente tramaba la forma de escapar, pero sabía que su puerta era cerrada siempre con llave, todos los días. Era una cautiva de la mansión más que una esposa y ahora sabía la razón: querían que le diera un nieto al conde, un heredero de su linaje.

Se preguntó por qué diablos no había él tomado una esposa, no era un hombre viejo. Y al parecer quería herederos. Pudo ser más sencillo para él casarse de nuevo y hacerle hermanitos a su necio hijo.

Pero decían que él había amado mucho a su esposa y por eso jamás había querido siquiera reemplazarla.

La obligarían a yacer con ese demonio, la obligarían a tener al heredero como si en vez de una esposa fuera una vaca llevada allí para aparearse, como las bestias, como las malditas bestias del campo impulsadas por un instinto ciego.

Los había visto en su casa, en la pradera, a los perros matándose por copular con la hembra, y a los criados, no menos recatados retozando en el bosque. Aunque era mucho más agradable de ver en los campesinos. La forma en que preparaban a su hembra para el acto sexual, besos y caricias ardientes que le habían provocado sonrojos y escalofríos... había apartado la mirada al ver a ese tonto mozo perderse en el vientre de su amada, prodigarle esas caricias húmedas que la hacían gemir y retorcerse como una gata en celo de un lado a otro y luego hundir su cosa muy al fondo...

Sí, sabía cómo era el acto de procreación entre los humanos, lo había visto a hurtadillas, sin proponérselo mientras deambulaba por el campo, a la hora en que todos dormían. Y aunque al principio le había provocado mucho asco y desconcierto, comenzó a gustarle mirar, y pensó que le gustaría hacerlo con un hombre mayor. Esa era su fantasía. No era una pacata ni soñaba con ser monja. Sólo quería encontrar un hombre con el que tuviera ganas de acostarse, uno que la conquistara y despertara en ella ese deseo feroz que tenían los amantes en el bosque.

Un sueño imposible, un sueño prohibido.

Ahora le daba mucho asco imaginarse a ella en la cama con Rodolfo.

Quería escapar, quería huir de ese lugar y olvidar que había cometido la locura de casarse. Pero no podía olvidar, estaba hecho, era su esposa y le pertenecía a su marido, era una cruda verdad, por desgracia.

******

Los días pasaron y su rebeldía y determinación de escapar de ese matrimonio aumentaron.

En apariencia se mostraba dócil y comía siempre casi toda la comida que le servían como una niña buena pues su suegro le dijo que enfermaría cuando el invierno llegara.

La joven procuraba no enfrentarse a él. Sabía que no lograría nada y, además, lo pondría sobre aviso. Lo que era peor.

Trató de disfrutar de los paseos y encontró un gran solaz en esas caminatas y también en las visitas que lentamente comenzaron a llegar.

Rodolfo estaba cambiado. Al menos no había vuelto a molestarla. Lo notó raro, a decir verdad, como taciturno, distante. Se veían algunas veces, durante el almuerzo y la cena, cuando había invitados, pero no dormían juntos. Eran casi dos extraños, pero se sentía agradecida de guardar cierta distancia, aunque pensó que pronto tendría que unirse a él en su habitación nupcial y se sintió desesperada. Algo tenía que hacer para impedirlo, algo debía hacer para escapar de esa mansión.

El verano llegó a su fin y con las visitas, excepto los hermanos y sobrinos del conde que solían ir con frecuencia a la mansión.

Los días se hicieron cada vez más frescos y el tiempo pasó y pensó resignada que no podría escapar. No tenía a dónde ir y lo inevitable pasaría.

Una noche Rodolfo entró en sus aposentos sin avisar.

Ella lo vio y quiso gritar por el susto que le dio, pero él le rogó que guardara silencio.

—No vine aquí para eso, boba, mi padre me lo ha prohibido.

El alivio en la jovencita fue evidente.

—¿Y por qué has venido entonces?

—Porque necesito esconderme.

—¿Esconderte de quién?

—No te importa. Calla. No digas a nadie que estoy aquí si te preguntan—dijo y entró en la habitación buscando alguna puerta secreta o algo así.

—Es una habitación ciega, Rodolfo—le advirtió ella.

Él la miró con una sonrisa.

—Mi padre lo hizo para que no pudiera tocarte. ¿Por qué no quiere que te toque ahora me pregunto yo?

Una criada entró en ese momento con la cena y chilló al ver al joven Rodolfo.

—¡Calla Annie! No digas a nadie que me has visto aquí.

De pronto se escucharon pasos.

El conde apareció en persona para mirar a su hijo con expresión fiera.

—Así que te has escondido tras la falda de tu esposa. Debí imaginarlo. Ven aquí enseguida maldito inservible. Ven aquí y resuelve como hombre el horrible lío que has armado.

Rodolfo no fue tan valiente para enfrentar a su padre y lo acompañó enseguida.

Angelica los vio marcharse intrigada.

La criada que estaba a su lado le entregó la cena y le deseó un descanso reparador.

—Aguarda, Annie ¿qué ha pasado con mi esposo, ¿qué hizo esta vez? ¿Tú sabes algo? —le preguntó picada con curiosidad.

Ella la miró sonrojada.

—No lo sé, pero si se escondió aquí... no ha de ser bueno. Hace rato que el conde Borromeo lo estaba buscando y se veía furioso.

—Pensé que había dejado de perseguir muchachas.

La criada meneó la cabeza.

—Nunca deja de hacerlo, señora—replicó la criada mortificada.

—¿Y tú crees que sea por eso?

—Ay no lo sé, no me pregunte. Me tienen prohibido hablar de estas cosas con usted, señora. Ni con usted ni con nadie. Son secretos de familia que deben ser preservados.

—Pues ojalá se lo lleve muy lejos, Annie. Aguarda, no te vayas. Eres mi única esperanza. Por favor.

La criada se detuvo y la miró asustada.

—¿Qué tiene, señora? ¿Se siente mal?

—Por supuesto que sí, soy una prisionera aquí. Me retienen contra mi voluntad.

La criada la miró incrédula.

—Pero se ha casado con el hijo del conde, señora, es su esposa.

—El nuestro no es un verdadero matrimonio, tú lo sabes, todos lo saben.

Ella asintió y la miró con lástima.

—Y sé que la boda puede anularse si no es consumada—agregó la joven astucia.

—Señora, por favor, no piense eso. Debe consumar su matrimonio y darle un heredero a su esposo. Todo cambiará entre ustedes cuando lo haga.

—Oh Annie, mi esposo intentó abusar de mí en nuestra noche de bodas, me dejó lastimada y magullada, con horribles marcas que todavía no se han ido.

La criada tragó saliva y la miró.

—Sí, eso me dijeron, pero usted no puede negarse señora, si lo hace entonces su esposo puede obligarla. Tiene ese derecho. Al menos no la devolvió a su casa, eso es bueno.

Angelica pensó que esa criada era muy bruta o estaba loca.

—¿Acaso todos los esposos Borromeo toman por la fuerza a sus esposas y las tratan como bestias?

—Oh no, eso no es cierto. El conde Borromeo es todo un caballero. Él sería incapaz, pero su hijo es distinto. Siempre ha sido así, desde muy joven que persigue mozas. Pero usted es su esposa. Es distinto. Debe tratarla con respeto.

—Annie, eso nunca pasará. Él me insulta cada vez que se me acerca y se ríe de lo que su padre diga.

—Pero él es su esposo, señora, no lo olvide.

La joven miró a su criada con amargura.

—Por desgracia lo es, por supuesto. Quiero escapar Annie, debo escapar. Quiero volverá mi casa, por favor. Ayúdame.

Angelica estaba desesperada y llegó a suplicarle a su criada que la ayudara a escapar.

La sirvienta se quedó tiesa, sin saber qué hacer o decir, pero tras superar la confusión le aconsejó que no lo intentara.

—Señora, él la vigila día y noche, no podrá escapar por más que lo intente. Además, su familia vive muy lejos. Jamás llegaría y lo más seguro es que fuera atrapada por un grupo de bandidos que le harían mucho daño. Usted no puede abandonar esta mansión, no puede adentrarse sola en ese horrible bosque. ¿Es que no ha escuchado las leyendas sobre el bosque de Toscana, señora?

—No... ni quiero saberlas.

—Pues debería enterarse, señora, debería saber que es muy peligroso si no se conoce el camino. Puede estar días, semanas vagando a la deriva sin poder avanzar. Y si el espectro malvado del bosque la ve señorita la hará suya y tendrá un hijo demonio. Hace tiempo una esposa Borromeo escapó de su esposo y huyó al bosque, lo hizo y cuando fueron a buscarla nunca más se supo de ella. Había desaparecido. La tierra se la había tragado. Pasaron los meses y una campesina encontró un bebé recién nacido en el bosque, pero no vio ni rastro de sus padres, y lo llevó a su choza... ese niño se convirtió en un demonio y al crecer desapareció y todos dijeron que había regresado con su padre el diablo.

—¿Y no era un espectro el sátiro del bosque? —preguntó Angelica pensando que era una fábula y no le creyó una palabra por supuesto. Seguramente pensaba que era una niña pues era la típica historia que le decían sus padres para que no se escapara al bosque circundante de la propiedad.

—Era un demonio, y las jóvenes solteras que atravesaban el bosque eran atrapadas por él, durante mucho tiempo nacieron niños muy rubios y de ojos muy claros, parecían angelitos, pero no lo eran, eran demonios, hijos del espectro—insistió Annie y abriendo sus ojos castaños le aconsejó no se fugara. Su suegro se enfadaría, su marido también y ella no lo pasaría nada bien.

Angelica suspiró resignada, sabía que de todas formas nadie la ayudaría a aventurarse por ese bosque.

Tenía que hacer algo. Algo para convencer al conde de que la llevara de regreso a su casa cuanto antes. No se quedaría encerrada en esa mansión para siempre. Con ese bruto como esposo, triste y encerrada en esa habitación.

Pero no ganaría nada suplicando, sobornando a los criados, ni poniéndose a llorar. Él estaba decidido a dejarla allí encerrada como una gallina de corral, hasta que no empollara no la dejaría ir. Pero ella no iba a poner ningún huevo en ese lugar, de eso estaba muy segura.

****

El conde tuvo ganas de matar a su hijo cuando supo lo que había hecho. Acababa de enterarse que de sus aventuras por el valle había seducido a la hija de un caballero, con la promesa de matrimonio y luego la abandonó, a ella y al fruto de su vientre. Ahora la joven estaba allí afligida, con el vientre hinchado y un padre que quería matar a todo el mundo.

El conde escuchó al señor Manfredi y trató de contener la rabia que sentía. Todo era tan inesperado.

Pero no era lo único malo que había hecho su hijo al parecer, pues ese mismo día había ido un labrador con toda la intención de matar a Rodolfo acusándolo de haber violado a su hija hacía más de tres meses, la bella Bettina, de solo quince años. y también la había dejado preñada.

El labriego no esperaba que se casara con su hija, sabía que eso no era posible, pero sí quería justicia. Y dijo que mataría a su hijo en cuanto tuviera ocasión.

En vano lo amenazó con la horca, el hombre estaba decidido a darle su merecido al cretino de su hijo.

Al comienzo no le creyó, pero el testimonio de un viejo amigo lo puso sobre aviso de que su hijo tenía debilidad por las faldas y también usaba la violencia si no tenía lo que quería.

—Debiste avisarme. Confiaba en vos, amigo.

No era la culpa de su fiel sirviente Amadeo por supuesto, pero no pudo evitar desahogarse.

—Es vuestro hijo y vuestra debilidad, señor conde. No podía delatar sus fechorías, pensé que no me creerías. Que nadie me creería y sería castigado.

—¿Entonces todos sabían que él hacía eso?

El criado asintió.

—Su hijo es como su bisabuelo señor, que era loco de las faldas, si me permite la osadía. Ha heredado su temperamento. Y temo que se acostumbró a tener siempre la dama que deseaba y cuando se la negaron... él no es un mal muchacho pero sus amistades sí, el joven Graciano, él es el peor del grupo. Le han dado varias palizas y lo han amenazado de muerte por violar jovencitas en los bosques con la ayuda de su amigo Ricardo.

—No lo puedo creer. Mi hijo tenía tan infames compañías y nunca lo supe. ¿Cómo es que esos jóvenes que son hijos de nobles, de las mejores familias del condado pudieron conducirse con tal vileza?

Estaba anonadado y se sentía como un asno en esos momentos, burlado, engañado y sin saber qué diablos hacer porque tenía ganas él mismo de darle una paliza a su vástago. Era una completa desilusión para él enterarse que había hecho daño a esas niñas y como si fuera poco ahora se enteraba que había dejado preñada a la hija del conde Abelardo.

Eso era demasiado. Llevaba un hijo suyo en su vientre. Y la había enamorado con falsas promesas y al parecer habían estado juntos en varias ocasiones.

La joven sufrió ese tormento en silencio y cuando supo que él iba a casarse con otra lloró amargamente y no dijo a nadie lo ocurrido. Hasta que su estado fue evidente y debió decir el nombre de su seductor.

Ahora el conde le exigía que anulara el matrimonio de su hijo con la señorita Angelica Valenti y le pedía que celebrara la boda con su pobre hija encinta de casi tres meses.

El conde no supo qué decir. Habló con su hijo en privado para saber si lo había hecho.

Pero cuando lo quiso buscar a Rodolfo no lo encontró por ningún lado, hasta que un sirviente dijo que lo había visto cerca de los aposentos de su esposa.

Allí lo encontró y habló con él en privado para que nadie escuchara.

—Rodolfo, está aquí el conde Cosme Manfredi y su hija Beatrice. Me ha confesado que sedujisteis a su hija con promesas de matrimonio y la dejasteis encinta.

Su hijo sostuvo su mirada.

—Yo no la forcé padre, ella se entregó a mí. Me buscó. Nunca quise tener amistad con ella, ni siquiera me gustaba en realidad. Lo hice porque es una joven fácil y no puedes acusarme de embarazarla pues ese hijo no ha de ser mío sino de otro.

—¿Qué has dicho? ¿Y esperas que crea tu historia?

—De todas formas, ya estoy casado, padre, tú me obligaste a casarme y ahora no puedo casarme con Beatrice ni lo haría jamás. Angelica es mucho más hermosa, padre. Aunque sea gazmoña, pronto será mía y es la única esposa que quiero tener a mi lado.

—¿Y dejarás a la hija del conde deshonrada por ti y sola, con un hijo tuyo en su barriga?

—Padre, hay muchos bastardos míos en este condado, sabes que heredé el talento de mi abuelo de embarazar a cualquier hembra a la que deje mi semilla, es una pena que no pueda hacer lo mismo con mi esposa porque tú no me dejas tocarla. Y me forzaste a esa boda para que hiciera herederos para ti, realmente no lo entiendo.

—Eso no tiene nada que ver con esto, Rodolfo. Quiero la verdad. Deja de mentir. Has estado con esa joven y le has quitado la virginidad, has sido tan bestia de meterte con la hija del conde Manfredi sin pensar en nada.

—Ella me buscó, ya te lo dije. Ni siquiera esa bonita, ¡la has visto? Y sólo fue una vez. No era virgen, padre. Estuvo con otro antes que yo.

¿Crees que una dama que se respete se entrega a un hombre sin estar casada?

El conde vaciló, su hijo tenía razón, en parte la tenía. Ninguna joven bien criada y seria tenía intimidad con un joven que ni siquiera era su prometido. Sólo las rameras, las impulsivas o las muy inocentes actuaban así y se dejaban llevar por el deseo. Una esposa debía ser virgen, llegar virgen al lecho nupcial, pura y fresca. De lo contrario no era una esposa, era una cualquiera y lo sabía bien.

—No puedes obligarme a desposar a esa ramera padre, tengo esposa y nadie sabe que mi matrimonio no fue consumado. Ellos no lo saben. Así que habla con ellos y diles que estoy casado y que ese niño no puede ser mío. Dudo que lo sea en realidad.

El conde miró a su hijo de hito en hito, furioso y desilusionado. Como si no tuviera mozas y campesinas para retozar cuando le apeteciera que tenía que meterse con las hijas de los barones del condado. Fuera casta o no, eso no podía saberlo, si su hijo mentía para librarse de tal responsabilidad tampoco lo sabía. Sólo sospechas, sólo conjeturas, suposiciones y nada más. Sólo eso tenía en esos momentos.

—No debiste dormir con esa joven fuera pura o no, fue muy mala idea, Rodolfo. Ahora vas a enemistarme con el conde y su familia.

Tuvo que hacerlo, tuvo que ir a hablar con el conde y explicarle que su hijo estaba casado y no podía desposar a su hija.

La desilusión del hombre fue evidente. Su dolor y rabia.

—Pero su hija necesita un esposo ahora y lo entiendo, señor Manfredi. Puedo encontrarle un esposo o sugerirle uno que sea discreto y no haga preguntas. Sabe que en este pueblo se necesitan esposas, hay muy pocas mujeres en edad casadera y su hija es una joven bella y encantadora.

Luego de una breve conversación pudo solucionarlo.

Él mismo se comprometió a encontrarle un marido pronto.

Pero habló con su hijo esa noche para decirle que iba a castigarlo por lo que había hecho. Para él se habían acabado las correrías. Estaba casado y tenía una esposa. No podría tener otras mujeres. Su deber era darle un heredero y lo haría pronto, en cuanto conquistara a su esposa y la convenciera de ser suya por las buenas. No permitiría que usara la brutalidad y la vileza con ella.

El alivio de su hijo fue evidente. Su cara de felicidad también. Se quedaría con su esposa en la agradable tarea de conquistarla y lograr que lo dejara entrar en su dormitorio.

—Así lo haré padre, lo prometo.

Angelica no vio con buenos ojos el cambio en su marido. Que de repente bromeara durante la cena de ese día y la mirara con alegría y cariño le sorprendió.

No imaginaba que estuviese haciendo todo eso para conquistarla. Sus ojos se desviaron al otro extremo de la mesa. Sabía que él la estaba vigilando, observando y debía obedecer y comer todo el plato como una niña buena.

—Estás muy hermosa hoy, querida—le dijo Rodolfo gentil.

Ella se sonrojó al sentir su mirada.

—Gracias—respondió ella y su mirada se cruzó con la de su suegro que parecía estar muy pendiente de su conversación, y de ese hijo que más que hijo era un completo y punzante dolor de cabeza.

Sintió alivio cuando pudo retirarse a sus aposentos.

Pero a Angelica le costó conciliar el sueño.

Se sentía cada vez más extraña en esa casa, más asustada y furiosa, como una criatura enjaulada, prisionera de esa familia. ¿Acaso esperaban convencerla de quedarse, seducirla y hasta conquistar su corazón para que accediera a llevar en su barriga al heredero?

Era lo que se esperaba de ella, lo que debía ser pensó con amargura.

Su esposo nunca le concedería el divorcio y el día menos pensado tendría que regresar a sus aposentos nupciales y aceptar lo inevitable. Tal vez no fuera tan malo después de todo, tal vez él cambiara con el tiempo y...

Se sonrojó al recordar la mirada del conde esa noche, cuando entró en el gran salón, la había mirado con otros ojos, la había mirado como sólo un hombre mira a una mujer hermosa, no se engañaba, y no era la primera vez.

Dio vueltas en la cama nerviosa. ¿Qué diablos estaba pensando?

A solas Angelica pensó que la habían casado con el hombre equivocado y que si el conde fuera su marido todo sería tan distinto. Era un caballero amable y gentil, de conversación interesante y tenía el aplomo y el encanto de los hombres que han madurado. Lo había visto mirarla durante la cena, sus miradas se habían encontrado y pensó que la miraba distinto, no como a esa jovencita rebelde que quería pedir el divorcio a su hijo. La miraba como un hombre mira a una mujer guapa.

Todo sería tan fácil si él fuera su marido, imaginó que sabría besarla, que la haría suya con suavidad y pasión, sólo como un hombre experimentado y gentil sabe hacerlo.

Rayos, por qué sus padres la habían forzado a esa boda ahora todo estaba de cabeza y las cosas iban de mal en peor.

****

Fuego en su mirada

Los días se hicieron fríos y oscuros, y Angelica contempló desalentada ese paisaje gris de nubes plomizas que bordeaban el horizonte sintiendo que todo era sombrío y siniestro.

De pronto tembló al oír pasos acercarse. No era la primera vez que ocurría y temía que fuera su esposo por supuesto, que últimamente había estado tan amable con ella casi no parecía el mismo, no creía nada en ese repentino cambio sabía que era porque su padre lo forzaba a ser amable para conquistarla. Annie se lo había contado en secreto. Su doncella era su nueva aliada, en verdad que era la única que parecía apreciarla en esa casa, los demás sirvientes eran altivos y hostiles.

Se volvió temblando, pero no vio a nadie. Como un fantasma agazapado había sido rápido para esconderse.

Tal vez lo imaginó, esa mansión estaba lleno de ruidos extraños, de ecos y también de sombras.

Miró de nuevo a la ventana y pensó con tristeza que ese día no podría dar ningún paseo matinal para distraerse. Llevaba días encerrada y eso la hacía sentirse mal, triste.

Se preguntó hasta cuando estaría allí, hasta cuándo podría escapar de convertirse en la esposa de Rodolfo.

Y de pronto cayó en la cuenta de que acababa de cumplir un mes de casada, un mes. Y todo seguía como antes.

—Señora Borromeo—dijo una voz.

Ella se volvió asustada.

Los criados de esa mansión tenían la pésima costumbre de llegar sin avisar, de aparecer de repente como fantasmas.

—¿Qué quieres? —replicó nerviosa y alterada la jovencita.

Era su doncella Annie, bajita y de cabello y ojos muy oscuros, siempre parecía asustada por algo y movía mucho los ojos y las manos lo que resultaba muy turbador y exasperante cuando uno estaba nervioso por algo.

—Lo siento—dijo la doncella—No quise asustarla, pero tiene visitas. El conde me pidió que le avisara que sus padres han venido a visitarla.

—¿Mis padres? Oh... no puedo creerlo. ¿Han venido?

—Sí, están aquí. Quieren verla.

Mientras decía eso vio aparecer el conde y la jovencita retrocedió espantada y toda la alegría de esa noticia se convirtió en una sensación rara. ¿Por qué había ido a su habitación? ¿No sabía que era poco delicado presentarse en la habitación de una señorita soltera? Pensó Angelica nerviosa.

No era una señorita soltera por supuesto, era una señora casada.

—Buenos días, Angelica. Lamento haberte asustado. Disculpa—dijo el conde.

Parecía nervioso, incómodo.

—No es nada—balbuceó la joven y se sonrojó al sentir su mirada tan fuerte, tan intensa.

—Tus padres están aquí, han venido, supongo que te habrá avisado Annie.

—Sí, por supuesto.

—Por eso he venido a verte, necesito pedirte que ...

Imaginó lo que le diría, al parecer estaba asustado, temía que ella le dijera que su matrimonio no había sido consumado y quería volver a casa porque además descubrió que su marido era un seductor mujeriego que había cometido varias fechorías en el condado.

—¿Y por qué quiere que guarde silencio?

Él sostuvo su mirada.

—Para no causarles un disgusto. Además, te he tratado bien ¿no es así? He cuidado de ti todo este tiempo.

—Sí, lo sé, usted ha sido muy amable y bueno conmigo—respondió ella.

Entonces él notó que la joven estaba con unos de esos vestidos de dormir pegados al cuerpo y tembló apartándose como si viera al diablo.

—Lo siento—dijo y se alejó, pero ella avanzó hacia él desafiante al ver la expresión de debilidad en sus ojos.

Era un hombre, y ella no era ninguna jovencita, era una mujer. Toda una mujer de tentadoras redondeces pues llevaba un mes entero encerrada casi y eso la había hecho engordar y recuperar su figura de antaño.

Y a ella le gustaba que la mirara así y audaz se acercó a él con paso desafiante y seguro, aprovechando la ocasión y la sensación de triunfo al comprender que él también la deseaba y la miraba con otros ojos.

—Señor Borromeo, no diré nada si promete que no me entregará a su hijo como un cordero de sacrificio—le dijo con osadía.

Él avanzó y la miró muy serio, parecía sorprendido y levemente molesto por su inusual pedido, pero había algo más en su mirada, algo que no pudo entender.

—Eres la esposa de mi hijo, preciosa—dijo entones.

Angelica sostuvo su mirada y miró sus ojos y notó cómo la miraba a ella, como esa mirada resbalaba por su cuerpo como una caricia atrevida, lentamente, despacio.

—No quiero ser su esposa, por favor. Esta boda fue un error y usted lo sabe. Su hijo un joven sin honor, sin modales y yo... Moriré si me entrega a él.

Se hizo un extraño silencio y ambos se miraron hasta que él habló.

—¿Y qué quieres que haga, Angelica?

—Pedir la anulación, hablar con el padre que nos casó y decirle que mi matrimonio no fue consumado. Por favor. Señor Borromeo. Se lo ruego. No quiero estar atada el resto de mi vida a un hombre por el que no siento más que miedo y rechazo... no pensé que fuera así, o tal vez sí, en verdad que no pude pensar nada pues mis padres y usted lo tramaron todo sin preguntarme cuáles eran mis sentimientos.

El conde la miró muy serio como si pensara en sus palabras y comprendiera que no hacía más que decir la verdad. No se ofendió de que llamara a su hijo malvado, en realidad era cosas mucho peores y él acababa de descubrirlo.

—No puedes culparme por esa boda, tus padres necesitaban buscarte un marido y mi hijo te eligió a ti como su esposa. No fue mi culpa, yo quise hacerle cambiar de idea, que lo pensara mejor, pero él se opuso. Te quería a ti. Si tan solo lo intentaras...

—¿Si lo intentara?

—Necesitas un esposo y entender que ahora tienes uno, ya tienes un marido pequeño y es mi hijo. Eso no puede cambiar, lamento que eso te disguste tanto, pero es así. Estás casada con Rodolfo, aunque eso no te agrade y te pido que no le causes pesar a tus padres. No le digas que no son un verdadero matrimonio.

Ella se sonrojó, pero no se apartó estaban tan cerca el uno del otro, sin tocarse, sin besarse, pero para ella era suficiente sentir su fuerza, su calor y sentir que ella le gustaba. Pero era la esposa de su hijo, diantres, ¿en qué rayos estaba pensando?

—No quiero estar más casada con su hijo señor Borromeo, y si me obliga escaparé, huiré de esta mansión en cuanto tenga oportunidad.

Él la miró molesto y sorprendido de su declaración.

—No podrás escapar de aquí, ¿a dónde irías?

—Muy lejos, a que me lleven los bandidos y me maten, no me importa. Al menos podría ser libre.

—No sabes lo que dices Angelica, actúas y piensas como una niña consentida.

—¿Si eso piensa de mí por qué no convence a su hijo de que me conceda el divorcio? Esto no lo afectará a usted, podría conseguirle otra esposa a su hijo, sólo me afectará a mí.

—Y da la casualidad de que tú eres la hija de un amigo muy querido y me siento responsable de todo esto, fue mi idea, dejé que mi hijo se saliera con la suya.

—No soy la esposa de su hijo más que de nombre, nunca he sido suya, puede anular esa boda, puedo pedir la anulación y lo haré, hablaré con el padre mañana.

—Tu no harás eso, niña, no lo harás.

—¿Por qué no puedo hacerlo? es mi vida, fui forzada obligada a una boda por usted y mis padres, todo fue un error, pero soy joven y no quiero vivir el resto de mi vida atada a un hombre que aborrezco.

Ante ese discurso el conde la miró molesto, pero algo confundido y como si meditara el asunto y tomara muy en serio sus amenazas, le dijo:

—Está bien, pide la anulación si lo deseas, pero no le des ese disgusto a vuestros padres, no le menciones nada de esto, son muy viejos y no han estado bien de salud y lo sabes.

Sí, lo sabía, su padre había sufrido un ataque al corazón hacía semanas por eso fue por lo que celebraron la boda con tanta prisa y aunque él seguía viajando y continuaba con su vida como siempre el médico no le había dado mucha esperanza.

Y aunque por dentro se moría de rabia, Angelica juró que no diría una palabra de sus planes.

—Te lo agradezco mucho, es por el bien de todos. Luego hablaremos de esto con más calma.

—No hay nada que hablar, he tomado una decisión. Pediré la anulación y regresaré con mis padres, ellos me necesitan ahora. Me necesitan mucho más que su hijo, señor Borromeo.

Él la miró sin ocultar su sorpresa, ¿pensaría acaso que la visita de sus padres la hacía ponerse tan osada? Pues ya era hora de que tomara en serio sus amenazas. Angelica pensó que prefería disgustar a sus padres que pasar su vida entera al lado de ese seductor mujeriego llamado Rodolfo Borromeo.

Dirigió sus pasos al comedor, escoltada por dos criadas y buscó al conde de forma instintiva, pero él estaba alejado al lado de su hijo.

Angelica bajó la mirada atribulada mientras se acercaba para abrazar y besar a sus padres. Los vio tan viejitos y maltrechos. Habían hecho tan largo viaje un día tan feo sólo para verla y saber que estaba bien.

Rodolfo se acercó impulsado por su padre, ella lo vio, y saludó a sus suegros fingiendo alegría y amabilidad, era increíble lo mal educado que era ese jovencito.

—Por favor, tomen asiento. ¿Desean beber un té o algo refrescante? —preguntó su anfitrión.

Los dos aceptaron un té y mientras conversaban, sentados en la mesa de la salita de té Angelica, supo que sus padres se quedarían unos días.

Esa noticia en vez de alegrarla la preocupó. Quería que el conde tomara en serio su pedido, que pidiera la anulación de ese matrimonio.

Evitó mirar a su marido, de pronto se sintió mal por todo eso y se preguntó si no sería mejor confesarles la verdad a sus padres y volver a casa. ¿Qué tanto podía disgustarle que les dijera que su matrimonio era una farsa y que quería separarse?

Fue una reunión muy tensa para ella y cuando su padre le preguntó si estaba contenta al vivir en la mansión de su marido ella lo miró distraída sin saber qué decir.

—No he salido mucho de la mansión, por el mal tiempo—agregó al sentir la mirada del conde sobre ella—Pero es un lugar muy hermoso, sin duda.

Su madre la miró inquisitiva como si sospechara algo, pero no dijo nada entonces.

Sin embargo, cuando fue a verla a su habitación a media tarde ella le preguntó si todo estaba bien con su marido.

—Es un joven tan educado y agradable. Se ven tan enamorados, él no dejaba de mirarte con tanto orgullo.

¿Rodolfo Borromeo agradable, educado? ¿Qué se veían tan enamorados? ¿De qué hablaba su madre?

Angelica se sintió incapaz de mentirle a su madre.

—Pero sé que es difícil para ti, vivir en un lugar tan lejano. Aunque esta mansión es un lugar maravilloso.

—Sí, es verdad.

—Mi niña, te noto algo callada y ensimismada. Casi triste. ¿Pasa algo con tu marido? ¿La familia de tu esposo es afable?

Su familia era el conde y unos tíos y primos que vivían en otro edificio y una tía anciana que permanecía el día entero en sus aposentos de plantaba baja. Sólo la había visto dos veces desde su boda. Los demás vivían en fincas linderas, pero a varias millas a la redonda y solían ir en primavera a visitarlos. O eso le contó la doncella asustada, Annie.

—Extraño un poco, madre, bastante y mi esposo no es precisamente amable conmigo.

Ella se acercó y la abrazó.

—Algo te aflige mi niña, no puedes ocultarlo a tu madre. Dime qué es por favor.

Pero Angelica no pudo confesarle a su madre la verdad y dijo que sólo extrañaba un poco su casa, que estaba bien.

Su madre la miró y le dijo que el matrimonio no era un lecho de rosas.

—Al comienzo debes adaptarte y procurar ser una esposa obediente, hija, sé siempre buena y amable con tu marido. Ten paciencia con sus tonterías, es muy joven y sospecho que algo atolondrado. Ya madurará con el tiempo, con los años se convertirá en un buen compañero.

—Rodolfo es algo más que atolondrado, madre. Él...no es un buen hombre.

Su madre la miró alarmada.

—Y mi matrimonio es una farsa. Jamás debí casarme con él, no es un buen hombre, me he enterado de que dejó encinta a varias muchachas de aquí.

La mirada de su madre cambió, pero luego dijo que eso no era tan malo.

—Pero tú cómo te has enterado=

—Porque el padre de una joven y un primo de otra vinieron a reclamar que él las forzó, madre. Él forzó a las jóvenes. Y uno de ellos exigió por su estado que se hiciera cargo y se casara con la joven en cuestión pues se trataba de la hija de un conde, pero él se negó por supuesto aduciendo que era una chica fácil y que él ya estaba casado ahora.

—Angelica, bueno, es que muy joven y a lo mejor.

—No, no es eso, es un seductor pendenciero que siempre se mete en problemas y no es un buen esposo, aunque finja lo contrario. Oh, madre, quiero volver a casa, por favor, quiero poner fin a esta boda y regresar a casa.

Lo dijo, estaba muy desesperada y sabía que sus padres la ayudarían, que la apoyarían en todo porque la amaban.

—Pero mi niña, todos los hombres jóvenes son bandidos, luego maduran y cambian, con el tiempo. es normal que Rodolfo sea así pues su padre temo que lo ha malcriado por ser único hijo. Pero él te quiere mucho, mi niña, eres su esposa ahora.

—No, no soy su esposa, jamás me ha tocado. Este matrimonio es una farsa madre.

Su madre la miró incrédula.

—Pero eso no puede ser... si fue capaz de dejar encinta a otras mujeres cómo no ha podido cumplir como un esposo y...

No lo dijo por delicadeza, pero Angelica lo entendió perfectamente.

—¿Por qué?

Angelica no se lo dijo por delicadeza.

—Madre, no puedo decírtelo, me da mucha vergüenza, pero debo regresar a casa ahora, quiero poner fin a este matrimonio. Él ha sido muy malo conmigo, me ha golpeado y me ha dejado toda marcada. Estuve días sin salir de mi habitación por esa razón. Por favor, debes ayudarme. Habla con mi padre. No me dejen aquí.

Su madre se puso muy colorada y no pudo ocultar que estaba muy disgustada de que su esposo la tratara tan mal. ¿Qué clase de demonio era ese que así trataba a su pobre niña que era su esposa además y que muchos otros caballeros habrían estado más que felices de tener a su lado?

—Aguarda, hablaré con tu padre. Esto no puede continuar. No puedo creer que el conde Borromeo permitiera esto. Tenía total confianza en ese caballero, ambos, tú padre y yo, y por eso le nombramos tu tutor, Angelica.

—¿Mi tutor?

—Sí, porque no confiamos en los parientes de tu padre ni tengo a nadie más en quien confiar tu bienestar si algo nos pasa.

—Pero si me divorcio de su hijo...

—Él será tu tutor a menos que vuestro padre nombre a otro, pero no sé en quién confiará ahora porque sus negocios no están tan bien como esperábamos... esta boda era nuestra salvación hija, el conde fue tan bueno y generoso. No pidió ninguna dote pues sabe que estamos arruinados.

—Arruinados?

—Sólo nos queda la mansión de la rosa y las tierras circundantes, y los arriendos de las fincas, pero vuestro padre perdió la fábrica porque su socio lo estafó y cayó en manos de prestamistas que se cobraron todo lo demás. Lo han despojado. Nos han despojado y estaríamos arruinados si no tuviéramos todavía el arriendo de las fincas. Pero no es suficiente para conservar la mansión de la rosa, creo que tendremos que venderla en un tiempo y buscar una casa más pequeña pues es imposible mantenerla digna y reparada y con tantos sirvientes. Cuesta demasiado y ahora no podemos pagarla.

Angelica se sintió muy mal entonces, sus padres lo habían perdido todo y de pronto comprendió que esa boda precipitada...

—¿Por eso me casasteis con un hombre rico, con un heredero porque sabíais que todo desaparecería muy pronto, madre?

Su madre la miró muy seria.

—Así es, pero hubo otra razón, mi niña... uno de los prestamistas os quería como esposa, quiso que vuestro padre os entregara como esposa a su hijo a cambio de perdonar su deuda. Él se opuso, sintió que si lo hacía vendería a su hija como una mercancía, nunca haría eso, jamás y como se negó entonces ese hombre se vengó y contrató a abogados para quedarse con la fábrica. Fue un timo, una estafa, el dinero que le debía tu padre no era tanto como para justificar que se apropiara de todo, pero lo hizo. Y tuvo el respaldo de un juez. Sospechamos que hizo algo más. Y eso no es todo. quiso impedir vuestra boda, cuando supo que te habías comprometido en secreto con el hijo del conde él se presentó y dijo que le entregaría todo a tu padre, que podría recuperar su antigua vida si ponía fin a ese compromiso.

—¿Quién es él, madre? ¿Quién ese ese hombre que quiso comprarme como vil mercancía?

—Lorenzo Rímini D'Anunzio. Un bandido. Su padre es el gran Ercole Rímini, un haz de los negocios y de la usura, la estafa. Se ha hecho muy rico prestando dinero y arruinando a muchos terratenientes. Pero le falta linaje, su abuelo era un bandido de los caminos, y robando hizo el dinero, la fortuna, pero ningún padre que tenga algo de sensatez entregaría como esposa a su hija a los Rímini D'Anunzio, son hombres brutos y sin modales sin linaje.

—Madre, ¿por qué me ocultaron esto?

—Mi querida niña, tú no querías casarte, te habías encaprichado con ese pariente de tu padre que te doblaba la edad, estabas muy triste y te pasabas el día entero llorando en tu habitación, no quisimos agregar más pena ni preocupación. Además, era un secreto de familia, un secreto que sólo el conde sabe.

Se hizo un incómodo silencio y entonces su madre se sentó en una poltrona, cruzó las manos y habló:

—Hablaremos con el conde, tu padre lo hará y pediremos explicaciones pues no era la idea que te casaras con un joven que al parecer es un palurdo incapaz de comportarse como un verdadero hombre. no te entregamos en matrimonio para esto. Pero no te atrevas a pedir la anulación porque si lo haces todos dirán que él te repudió porque no eras virtuosa y eso pesará en tu reputación para siempre. Jamás podrás volver a casarte y nos hundirás en el dolor y la tristeza, en la deshonra. Porque nadie dirá que él es impotente ni que es un bruto, la culpa caerá sobre ti porque siempre es así, sé que es cruel e injusto, pero negarlo sería no ver lo que pasa en estos casos. Así que procura hacer las paces con tu marido, procura reconciliarte y limar asperezas. No pelees con él, ni te muestres huraña. Aunque te dé terror la intimidad es sólo una fantasía, no es nada que deba pesarte ni avergonzarte. Al comienzo será difícil sí, pero te adaptarás como todas.

Angelica se sintió horriblemente deprimida al comprender su situación. Debía humillarse y entregarse a su esposo, aunque él fuera un bruto y la lastimara… no tenía escapatoria.

—Entiende hijita que tu matrimonio es todo cuanto tienes ahora y trata de ser tolerante, de ser comprensiva, no fue por capricho que planeamos esta boda, lo hicimos porque era lo mejor para ti. Tienes un esposo, tienes un nuevo hogar, una nueva familia y estás a salvo, a salvo de esa gentuza que tanto nos ha atormentado en el pasado. Ellos son los responsables de que tu padre sufriera un ataque al corazón. Son muy malos, mi niña y ellos podrían… todavía pueden hacerte daño, si tú abandonas a tu marido no creas con ingenuidad que podrás regresar a casa y estarás a salvo, Lorenzo lo sabrá y vendrá por ti, vendrá a buscarte y cuando sepa que fuiste repudiada por vuestro marido no tendrá ningún respeto por ti ni te dará su apellido como pidió un día.

—¡Oh calla madre, por favor, calla! ¡Ya no quiero oír ese horror, ya no!

Su madre la miró muy seria.

—Sólo te he dicho la verdad, Angelica. En nada he exagerado.

—Pero ¿quién ese ese hombre? acaso le he visto alguna vez?

Su madre asintió.

—Te vio en la fiesta de la boda de tu prima Chiara, y en otras reuniones sociales, hasta tuvo la osadía de venir a casa un día para pedir tu mano. Él te conoce, ha estado espiándote desde hace meses y es la razón por la que organizamos esa boda casi en secreto.

—¿Y él conde lo sabe?

—No... no le hemos hablado de esa deuda sí de que nuestra situación no es tan floreciente y él creyó que la prisa era porque tu padre quedó muy delicado luego de sufrir un ataque al corazón. No tiene por qué saber nada de ese horrible hombre, sólo tú debías enterarte para que trates de salvar tu matrimonio con su hijo. Por favor, Angelica, intenta acercarte a tu marido, no ha de ser tan difícil y deja de comportarte como una niña consentida. ¿Qué es eso de encerrarte en tus aposentos y no ocupar el que te pertenece junto a tu esposo?

Angelica miró a su madre malhumorada, claro, para ella era fácil decirlo, a ella nadie la había empujado a una boda apresurada luego de haber perdido la oportunidad de ser la esposa de un hombre que la adoraba y ella, aunque no estaba enamorada, le atraía ese hombre, le gustaba mucho en realidad. Y se lo dijo, se lo echó en cara para defenderse.

—Pero Angelica, despierta, ese hombre no tenía nada que ofrecerte, su familia estaba arruinada además tenía hijos de su primer matrimonio. No era adecuado para ti. Además ¿por qué me reclamas eso ahora? Ya tienes un marido, ¿es que no te has enterado? Aunque no sea de tu agrado. Y debes luchar por tu matrimonio en vez de pensar esa locura de separarte, de pedir la anulación, ¡virgen santísima! ¿En qué estabas pensando? Mejor procura darle un hijo a tu esposo y todo estará bien en tu matrimonio, cuando estés encinta todo cambiará, ya verás.

Para su madre todo era sencillo, regresar a los aposentos nupciales, embarazarse cuanto antes y vivieron felices por siempre.

Era eso o quedar en la miseria pues al parecer ya no era una rica heredera y sus padres pensaban en vender la mansión de la rosa. No podía creerlo. Debía haber algo que pudiera hacerse...

Y olvidando su pena por completo le preguntó a su madre al respecto.

—Madre, debes evitar que vendan la mansión. Es todo lo que tienen ahora y no pueden confinarse en una casucha por culpa de ese malvado. ¿Por qué no me entregaron a él madre? ¿Por qué no lo hicieron? ¿Crees que habría preferido casarme con Rodolfo sabiendo que lo perderían todo?

Su madre la miró horrorizada.

—¿Cómo puedes decir eso, Angelica? ¿Crees que te crie como una princesa para que te convirtieras en la esposa de un Rímini D'Anunzio?

—Me criasteis para que fuera la esposa de un caballero, lo sé, pero seré una mujer arruinada madre, sin herencia que dejar a mis hijos. La mansión de las Rosas era mi orgullo, mi legado, la herencia que siempre soñé que tendrían mis hijos y ahora no tendré nada más que un recuerdo triste que contarles.

—Pero tú vivirás aquí, en esta hermosa mansión, eso será suficiente para tus hijos, eres la esposa de un Borromeo, ciertamente que no pudimos escoger mejor esposo que ese para ti.

Pero Angelica no estaba convencida y sin embargo comprendió que estaba atrapada. No podía pedir la anulación. Si lo hacía llenaría a sus padres de tristeza y vergüenza y ya tenían demasiados problemas ahora, su padre podía perder la mansión de las Rosas, su hogar, su orgullo, el símbolo de su linaje.

Y ella sólo tendría esa mansión, era todo cuanto tenía ahora y a ese esposo al que no dejaba ni acercarse.

Su madre le dijo que debía madurar, que debía salvar su matrimonio que no era tan difícil pues ella era una joven hermosa y muy dulce, sólo tenía que dejar de estar tan enojada.

—No todo en la vida se hará como tú quieres, Angelica, debes aceptarlo y verás como todo mejorará. Inténtalo, eres tan joven, mi niña, además tu marido te miraba, no dejó nunca de estar pendiente de ti. Tú le gustas, su padre dijo que estaba enamorado de ti, Angelica.

Ella miró a su madre sin saber qué decirle. Realmente le había dado la peor noticia ese día y debía saber qué haría, empezaba a comprender que no podía hacer nada más que quedarse y darle un bebé a su esposo.

****

A la mañana siguiente quiso salir a dar un paseo aprovechando el día de sol, pero encontró la puerta cerrada con llave. Golpeó furiosa una y otra vez, pero nadie acudió. Volvían a dejarla encerrada.

Pero al menos no la entregaron como cordero de sacrificio al demonio. Debía estar agradecida.

Un sonido en la puerta la crispó.

Era su fiel doncella Annie.

—Señora Borromeo. ¿Qué desea? ¿Tiró usted de la campanilla?

—Annie, quiero dar un paseo ahora.

La doncella la miró indecisa.

—Pero no creo que sea buena idea, hace mucho frío, señorita.

Esa respuesta le resultó bastante inesperada.

—Quiero dar un paseo, por favor, Annie. Abre esa puerta ahora y llévame a los jardines.

La jovencita retrocedió espantada.

—No puedo señora, el conde no lo autorizó. No quiere que salga hoy. Por favor, no me mire así, no me haga preguntas.

Los ojos de la joven brillaron de rabia.

—¿El caballero de esta mansión no lo autoriza dices? ¿Por qué?

Annie la miró asustada y retrocedió.

—Él no quiere que nada malo le pase, señorita. Por eso. El conde cuida mucho de usted. Siempre.

Claro el conde temía que fuera a pedir la anulación, no imaginaba que todo había cambiado luego de su última conversación. Ni ella quería escapar ni tampoco sabía si podría seguir adelante con su matrimonio. Su madre le había dicho que sólo sería un momento, que luego podría quedar encinta y su esposo estaría muy feliz.

Angelica pensó que no lo soportaría. Y encerrada en esa habitación no podía hacer gran cosa. Tuvo que quedarse encerrada y esperar hasta el mediodía para que la autorizaran a salir.

Cuando entró en el gran comedor sintió todas las miradas sobre ella y se sonrojó al ver al conde presidiendo la mesa, sintió que sus piernas temblaban mientras se acercaba. Temía delatarse, temía que sus padres notaran lo desdichada que se sentía entonces. Nunca había podido engañarles, no sabía fingir, por desgracia.

Fue un almuerzo tenso para ella, pues para colmo habían ido los primos de su esposo con sus esposas de visita y tuvo que conversar con ellos sin tener ningún ánimo para ello.

—¿Qué sucede, Angelica? —le preguntó su madre a media tarde, mientras conversaban en la salita de música.

Ella la miró inquieta mientras bebía un sorbo de té. Estaban solas pues las esposas de los primos habían ido a recorrer los bosques no sé por qué. Con un día tan helado no sabía qué podían querer hacer allí. Era un alivio que no estuvieran pues no había nada más incómodo que hablar con extraños y ser cortés cuando uno no tenía deseos de hablar.

—Estoy bien, madre—respondió la joven pensando que a pesar de estar solas no podía hablar con su querida madre ni contarle lo que pasaba.

Su madre la miró con fijeza.

—Supongo que habrás pensado en lo que te dije y que a la brevedad vuelvas a los aposentos nupciales.

No, nadie la había invitado a ir allí ni tampoco estaba segura de querer ir, pero...

—Madre, ¿tú me has contado todo sobre ese hombre, el prestamista?

Su madre la miró asustada.

—Por supuesto que sí. Por favor, no le digas nada a tu padre, se disgustaría, pero él estuvo muy interesado en pedir tu mano poco antes de tu boda. Olvida a ese hombre, no podrá hacerte daño mientras seas la esposa de un Borromeo.

Angelica miró a su madre consternada.

—Aquí estarás a salvo mi niña, ellos cuidarán siempre de ti, pero debes convertirte en la esposa de tu marido, debes darle un hijo—le recordó su madre.

Sabía que tenía razón. Fue una tonta al pensar que su madre la ayudaría a regresar a casa y que todo sería como antes. Nada sería como antes, por desgracia.

No podría escapar de la mansión, estaba atrapada. Sólo le quedaba convertirse en su esposa y darle un heredero, pero no quería hacerlo. tenía que haber otra salida, debía haber otra salida...

Cuando se despidió de sus padres su mirada se cruzó con la del conde Borromeo, la miraba con una mirada extraña, insondable, no podía saber qué pensaba. Ni siquiera podía imaginarlo.

¿Qué pasaría ahora? Se preguntó con angustia cuando su mirada se cruzó con la de su marido.

Él también parecía inquieto, nervioso y no le dijo palabra, no le dijo nada.

Pensó que la invitaría a su habitación por afortunadamente no lo hizo, Angelica no pudo cumplir los consejos de su madre. Él se alejó despacio y ella lo miró con pesar, preguntándose qué pasaría ahora.

****

Luego de la partida de sus padres, Angelica se sintió triste y abandonada a su suerte con la angustia de no saber qué pasaría ahora.

Dio un paseo a media mañana aprovechando el día de sol sabiendo que no pediría la anulación y que debía estar preparada para convertirse en la esposa.

Cuando regresó escribió una carta a su hermana que estaba en un convento para inventar que era feliz de vivir en la mansión del Piamonte junto a su marido y luego escribió una carta a su mejor amiga

Chiara, hacía tanto que no tenía noticias suyas. Es que esa boda fue tan apresurada, sólo dos de sus primos estuvieron presentes, y sus amigas ausentes por no haberles avisado con tiempo. eso debió ofenderla bastante, pero ella no era rencorosa y, además, echaba de menos a sus amigas y animada escribió otra carta para sus otras amigas esperando con ansiedad recibir alguna carta mientras se preguntaba qué pasaría ahora.

No había vuelto a encerrarla, pero tenía la sensación de que esos criados la espiaban, seguían sus pasos por todas partes y se preguntó si sería por su amenaza de pedir la anulación lo que tenía muy nervioso al conde. Tenía la sensación de que la seguía con la mirada.

Se sonrojó al pensar en él y se dijo con rabia que de haber sido él quien pidiera su mano... ¿pero de qué servía lamentarse?

Se miró en el espejo de su habitación y notó que tenía las mejillas sonrosadas y se veía radiante cuando minutos antes el espejo le había mostrado una imagen mustia y deslucida, como cada mañana al despertar sabiendo que sería un día más de encierro.

Un sonido en la puerta la crispó y abandonó ese rincón para ir hasta la puerta pues imaginó que el conde estaba allí. Sin embargo, al oír voces airadas de un hombre y se detuvo.

Era su esposo, su esposo estaba allí y luchaba por deshacerse de dos robustos criados que al parecer intentaban frenarle el paso.

Sus ojos azules brillaban de furia y entonces la vio y pareció tranquilizarse.

—Es mi esposa, maldita sea, y tengo derecho a verla.

—No puede acercarse a ella, señor, su padre así lo ha ordenado —dijo uno de los criados.

Ese intercambio de palabras llegó al oído poco antes de enfrentarse al intruso.

Evitaba ver a su esposo siempre que podía y hacía días que no lo veía, a decir verdad, que almorzaba y cenaba en sus aposentos y pasaba casi el día entero allí. Era de esperar que él quisiera verla, porque a pesar de todo era su esposa y al parecer la había echado de menos.

—Hola preciosa—le dijo—he venido a buscarte para que vuelvas a nuestros aposentos. Los sirvientes llevarán luego tus pertenencias.

—Mudarme ahora? —respondió ella con voz temblorosa. Fue tan repentino. ¿Acaso el conde lo había ordenado porque temía que pidiera la anulación?

—Por supuesto. Rayos. Estás preciosa, Angelica.

Ella lo miró aterrada de imaginarse que esa noche tendría que dormir a su lado.

—¿Qué tenías allí?

—Estaba escribiéndole una carta a mis amigas.

—¿Escribiendo cartas? ¿Aquí?

Al parecer su esposo pensó que eran más interesantes sus cartas que estar a su lado y sin ningún pudor abrió una y comenzó a leerla.

—Rodolfo, no, ¿qué haces? Eso no está bien. son mis cartas.

Él la leyó y le echó una mirada rápida.

—Soy tu esposo y puedo leer todas tus cartas si se me antoja—replicó y siguió leyendo.

Luego abrió el otro sobre y Angelica tuvo ganas de gritar. No es que contara nada, pero no quería que invadiera así su intimidad.

—Eres un bruto—le dijo.

Él la miró con una sonrisa.

—Pues tu buena suerte ha terminado, mi padre ha autorizado que te reúnas conmigo en nuestros aposentos. Está harto de vernos pelear como perro y gato y quiere que le demos un heredero. me encantará complacerle en eso.

—¿Tú padre lo ha autorizado?

No podía creerlo. ¿Cómo pudo?

—¿Y qué pensabas? ¿Qué pasarías la vida entera encerrada en esta habitación lejos de mí? estoy harto de dormir con mozas y rameras, teniendo una esposa hermosa que no puedo tocar pues parece de cristal.

Rodolfo estaba furioso y no dejaba de mirarla con rabia y deseo.

—Diablos mujer, estás preciosa, no hay pena en ti ni tampoco rabia y te hemos dejado más de un mes confinada aquí para castigarte por ser la esposa rebelde y gazmoña de la mansión. ¿Por qué? ¿Por qué no estás gritando y te muestras altiva y furiosa, por qué no hay tristeza en tu mirada como antes? ¿Qué diablos está pasando aquí?

Angelica quiso correr, pero no pudo, su esposo tenía un genio muy vivo y en esos momentos podía entender su rabia y desconcierto, pero no podía saber la verdad.

—Es por orgullo, Rodolfo, todavía me queda algo de dignidad. ¿Quieres que suplique, que te implore? Jamás lo haré—dijo.

Tenía la esperanza de distraerle, pero no lo consiguió y mientras forcejeaban y ella gritaba pidiendo ayuda frente a un grupo de criados desconcertados y asustados que no movían un dedo por salvarla de ese bruto; él le respondió:

—Me crees estúpido mujer? ¿Crees que soy imbécil? sé bien por qué mi padre te retiene aquí y me impide llegar a ti. Día tras día, todas las noches que quise burlar la vigilancia para llegar aquí y poder hacerte mía, porque soy tu marido diablos, soy tu marido y tengo derecho a disfrutar de lo que es mío, a ti preciosa, a ti. Tú me perteneces y esta vez no permitiré que mi padre vuelva a mentirme, a engañarme. Eres mi esposa y quiero que sepas que nunca te daré el divorcio, nunca tendrás la anulación y ya es hora de que cumplas con tus deberes de esposa.

Ella lo miró aterrada y lucharon, se resistió furiosa y pidió ayuda a los criados, pero estos parecían desconcertados, no se atrevían a impedir que el hijo del conde se saliera con la suya.

—Ven aquí, mujer, estoy harto de tus melindres y tonterías, serás mía ahora y olvidarás esa absurda idea de pedir la anulación, porque yo no pienso dártela. —dijo su esposo y la arrastró hasta sus aposentos. Nada pudo hacer para detenerle, la llevó a la fuerza y luego cerró la puerta con llave.

Angélica cayó en la cama, pero no se dejaría tomar por ese maldito y corrió, corrió tratando de escapar por la puerta contigua. Su esposo fue rápido y la atrapó cuando llegaba a la otra habitación y furioso la arrastró hasta la cama para salirse con la suya. Cayó sobre ella y forcejearon, pero el peso de su cuerpo la inmovilizó y no tardó en cansarse, en quedar agotada por los nervios y la lucha. Él la miró con rabia, pero su mirada cambió al verla allí rendida, indefensa.

—Sí que eres hermosa pequeña diabla, hermosa pero peligrosa. Has vuelto loco a mi padre, él te quiere y te desea como un loco. Pero nunca podrá tenerte porque eres mía, porque eres mía y te aseguro que no me detendré hasta plantar mi semilla en ti y dejarte con un hijo mío en la barriga. antes de que el conde lo haga y tenga que criar a su bastardo.

Ella lo miró espantada por lo que acababa de decir, eso la sorprendió mucho más que su amenaza de tomarla por la fuerza.

—¿Tu padre me desea? ¿Cómo puedes decir eso?

—¿Acaso no lo sabías? ¿Por qué crees que me separó de ti todo este tiempo? para que te diera tiempo dijo, para que pudiéramos conocernos y hacer las paces. Más de un mes de casado y ni una vez pude hacerte mía. Eres un demonio mujer, has logrado volver loco a mi padre, y yo que pensé que no le interesaban las mujeres jóvenes. Acabo de tener una pelea por tu culpa y sabes qué, no lo negó, no lo ha negado ni se ha escandalizado. Pero no me sorprende, está en nuestra sangre... luchas fratricidas, horrendos crímenes en mi familia han sido por causa de alguna mujer.

—Eres un bruto y nunca te perdonaré si lo haces así, si me tratas como un demonio.

—Entonces ríndete a mí mujer, ríndete a mí y no te lastimaré. No quiero hacerlo. Es tu rechazo lo que me vuelve loco y he estado preguntándome si acaso no has dormido con mi padre a escondidas mías y llevas un hijo suyo en su vientre.

—Estás loco. ¿Cómo puedes pensar eso de mí? tu padre jamás... no soy una zorra, me ofendes ni tampoco...

—Oh vamos, deja de fingir. Por algo mi madre te mantenía alejada de mí y ordenaba que cerraran con llaves tus aposentos para que no pudiera entrar. Pero si eres inocente tendrás que demostrármelo ahora, preciosa. Tendrás que demostrarme que ningún hombre te ha tocado. Ni mi padre por supuesto.

Angelica comprendió que estaba perdida que debía rendirse si no quería que su marido le diera una paliza y le hiciera daño, estaba fuera de sí.

Lloró nerviosa y dejó de gritar pidiendo ayuda, guardó silencio y se rindió. Dijo que se rendía.

—Te demostraré que estás equivocado, y espero que luego te disculpes con vuestro padre porque nada de lo que dices es cierto.

Él sonrió y comenzó a desvestirse sin dejar de mirarla.

—Quítate el vestido mujer, no querrás que te haga mía así.

Ella lo miró.

—No puedo quitarme el vestido sola.

Él sonrió y se acercó para ayudarla con el corsé y no tardó en desnudarla y lentamente cubrió la cama con el dosel y se le acercó.

Angelica se cubrió avergonzada y quiso escapar, no quería estar con él, no estaba lista y lloró.

Su esposo se acercó y la besó mientras acariciaba sus pechos con rudeza y caía sobre ella desnudo.

—Demonios mujer, eres tan hermosa... no debes sentir vergüenza, eres virgen.

Ella lo miró implorante, pero él la besó y cayó sobre ella y luchó por separar sus piernas, por hacerlo y Angelica gimió y quiso escapar, lo empujó, fue algo que no pensó pero que lo fastidió.

—Maldita sea, no puede ser... otra vez.

Angelica lo miró aterrada pues su marido se alejó de ella y pensó que iba a golpearla y lloró mientras cubría su desnudez con una sábana.

—Deja de llorar maldición, eso no ayuda.

Ella lo miró y notó que su esposo se tocaba el miembro como si algo pasara con él, algo que lo enfurecía.

—Qué sucede? Yo seré tuya, pero no me golpees, no me lastimes, por favor.

Prefería rendirse a que la dejara marcada otra vez y él se rio con amargura y rabia.

—Deja de cubrirte, déjame verte. Y no me empujes si lo haces no resultará.

Angelica obedeció y se quitó despacio la sábana, él la miró como un lobo hambriento, recorriendo su cuerpo con su mirada deteniéndose en su vientre, en su cintura y sus pechos redondos. Y sin dejar de tocarse se acercó y le dio un beso ardiente y desesperado y la abrazó, la abrazó muy fuerte y luego besó sus pechos mientras sus manos recorrían su cuerpo.

Estaba muy excitado y sin embargo algo no estaba bien, porque de repente se alejó mientras maldecía a los cuatro vientos.

Angelica lo miró asustada y de pronto notó que algo le pasaba a su miembro. No estaba erecto como al comienzo, había perdido por completo la fuerza y se veía laxo y largo.

¿Acaso su joven esposo sufría eso que sólo les ocurría a los hombres muy viejos? ¿Sufría de impotencia? Él que había seducido a tantas mujeres, que había dejado encinta a unas cuantas, era insólito.

La joven se escondió entre las sábanas cuando él la miró.

—Si dices algo de esto te mataré preciosa.

Ella lo miró espantada.

—¿Qué sucede? ¿Por qué no puedes...? —le preguntó.

Él la miró con odio y rabia, como si fuera su culpa.

—Mi padre debió darme algo a beber, al parecer quiere desvirgarte él si ya no lo hizo. no quiere que nadie más te toque y mi verga no ha vuelto a funcionar bien después de mi boda, la misma noche de bodas me enfurecí porque tú no dejabas de gritar y pensé que era por eso, que no podía mantener mi maldita vara alzada como un hombre, creí que era por los nervios y te lastimé por eso. te culpé de eso.

—Yo no hice nada. ¿Te has vuelto loco?

—Tal vez me has estado envenenado para que no pueda tocarte.

—No... jamás haría eso.

—¿No lo has hecho? ¿Harías un juramento? ¿Por tus padres, que nunca me has dado nada para beber y provocarme daño e impotencia?

—Lo juro, nunca he hecho nada. Tú me lastimaste, me dejaste aterrada esa noche y por eso tu padre decidió separarnos, esperaba que superara el miedo, pero...

—Mi padre te alejó de mí porque tú le gustas, lo he visto mirarte, seguirte como un lobo hambriento. Maldita sea. Dijo que me conseguiría una esposa y ahora quiere robármela.

Angelica se puso colorada, no supo qué decir y comenzó a vestirse con prisa, odiaba estar desnuda frente a él y temía que alguien más pudiera verla.

—¿Te gusta él verdad? te gusta mi padre. Pasan mucho tiempo conversando a solas. Está seduciéndote porque eres muy hermosa y capaz de volver loco a cualquier hombre, preciosa. Deja ese vestido no quiero que te cubras, esta noche te haré mía, aunque deba pasar toda la noche en vela así que ni sueñes que vas a irte. Eres mía, aunque eso no te guste y te aseguro que no descansaré hasta tenerte.

Luego de decirle eso se vistió y se marchó cerrando la puerta con llave antes de irse.

Angelica se dejó un vestido ligero y sin más ropa se quedó en esa habitación esperando que su marido regresara. Pero no lo hizo.

Al final de la tarde apareció una criada llevándole agua caliente para que pudiera asearse y al anochecer le llevaron la cena.

El vino que bebió le dio mucho sueño y se durmió poco después. Estaba nerviosa y tal vez bebió más de la cuenta.

****

Desaparición

Al día siguiente supo por su doncella que su marido se había marchado de la mansión.

—¿Qué dices? –dijo aturdida.

Ciertamente que le extrañaba su ausencia, pero pensó que estaría enfadado, pero Annie le confesó la verdad.

—Riñó con su padre anoche, fue una fuerte discusión y luego dicen que hoy dejó una nota y se marchó.

—Se fue? Pero ...

La había abandonado, finalmente lo había hecho y eso no la entristecía sólo la dejaba desconcertada. ¿Significaba que finalmente la había repudiado y debía pedir la anulación?

—Regresará por usted, señora, eso ha dicho.

Las palabras de su fiel sirvienta la dejaron perpleja.

Entonces pensó que su esposo era como un muchacho rebelde que se peleaba con su padre y se marchaba de la casa enfadado.

—El conde dijo que Rodolfo volverá por usted, que no la dejará escapar, señora.

Angelica comprendió que el conde decía la verdad, él conocía bien a su hijo, ahora estaba furioso y ofendido por el altercado con su padre, por todo lo que había pasado, pero se le pasaría. Y ella todavía era su esposa.

—Entonces no solicitó la anulación del matrimonio antes de irse?

—No lo sé señora, nadie mencionó eso. pero no creo que pidiera la anulación. Si no lo hizo antes...

—Entonces sigo siendo su esposa.

Angelica comprendió que estaba atrapada y que su esposo cumpliría su promesa de regresar por ella. Lo haría y entonces nada la salvaría que la tomara por la fuerza y le hiciera un bebé. y así sería siempre su vida. Un completo infierno.

El peligro acechaba, nunca estaría tranquila siendo la esposa de ese tunante. Era suya, aunque no le gustara y le pertenecía y una esposa pertenecía a su marido el resto de sus días. Él podía golpearla si se le antojaba, gritarle, serle infiel y tomarla como un sátiro, porque su deber era yacer a su lado, darle hijos y darle placer. Saciar su horrible lujuria para siempre. Nadie podría defenderla, ni el conde volvería a intervenir.

Llevaba días evitando su presencia y la pobre Angelica se sentía más prisionera que nunca. Más que antes. Y sabía que sólo podía hacer una cosa: escapar. Tratar de escapar para que ese maldito no la encontrara a su regreso. Esconderse. Puesto que él no quería tenerla cerca ni la creía digna de ser su esposa después de haberlo enemistado con su hijo por una mentira.

Debía entenderlo, no fue buena idea hacerlo. nunca debió llegar tan lejos...

No tuvo alternativa, demonios, no la tuvo. Odiaba a su esposo, lo odiaba y aborrecía con igual intensidad. No se parecía en nada a su padre.

De haber sabido lo que le esperaba en esa mansión se habría escapado al convento como llegó a decirle a sus padres, debió ser más firme, no dejarse con vencer por sus padres.

Y ese conde la creía una caprichosa. Y allí estaba por caprichosa. Por haber obedecido a sus padres. En vez de ser compensada con un marido bueno como rezaba el refrán fue castigada con uno muy malo.

Angelica estaba harta de todo eso, harta de estar encerrada, de ser una prisionera en esa mansión y de que el conde la ignorara y furiosa tomó la bandeja y la lanzó al piso con todo en un arrebato de furia.

—Señora, trate de comer algo, no ganará nada poniéndose rebelde, por favor.

—No tengo hambre Annie, todo esto es mucho peor de lo que esperaba. Mi esposo se ha marchado, pero yo no soy libre. Vendrá por mí.

Y no quería que la encontrara por supuesto, tenía que hacer algo, tenía que escapar.

—Oh por supuesto que lo hará, él no la abandonará señora Angelica—le aseguró su doncella como si quisiera darle consuelo.

Pero Angelica no se sentía feliz.

****

Tras la partida de su esposo Angelica sintió una rara calma en la mansión, como si al marcharse Rodolfo la rara malevolencia se hubiera esfumado.

Los días pasaron y ella sintió una extraña paz, algo que no había experimentado en mucho tiempo. quería pensar que él no regresaría y aunque sabía que su abandonado no era una situación que mereciera festejo, le daba alivio.

Porque si era impotente, si no la había tocado y su matrimonio no se había consumado entonces podría... podría pedir la anulación y lograr su libertad.

Sin embargo, no todo era alegría a su alrededor, el conde estaba furioso, disgustado por la partida de su hijo. La joven se preguntó qué tan fuerte había sido esa discusión, la que tuvieron padre e hijo antes de su partida. Su doncella no había querido darle detalles.

Los días pasaron y una mañana la joven escuchó al conde hablar con un criado suyo.

—Mi señor, ha ocurrido una fatalidad. Su hijo Rodolfo ha desaparecido. Nadie sabe dónde está.

—¿Qué has dicho, Antonio? Pero eso no puede ser. Se fue de aquí con varios sirvientes ese día. Les pedí que fueran a buscarlo. ¿Por qué no lo han encontrado todavía? Y me dices que ha desaparecido.

Angelica contuvo la respiración, más de una semana sin saber nada de su marido, sin querer hablar de ello con el conde pues él parecía evitar su compañía.

Había esperado que fuera a buscarla, supuso que lo haría y no había tenido coraje para hablar con el padre Abelardo.

Vio al criado menear la cabeza mientras el conde lo miraba disgustado.

—Ninguno de ellos llegó a Villa Bianca, señor Borromeo. Los criados se mostraron sorprendidos ante nuestra llegada pues la propiedad es arrendada hace años por un pariente suyo y él ignoraba que su hijo fuera a vivir allí un tiempo. Nadie le avisó y tampoco han recibido visita alguna la última semana.

—¿Mi hijo nunca llegó?

—No, mi señor.

—Pero debió marcharse con sus criados. ¿Ninguno ha regresado o sí? Vamos hombre, nadie desaparece. Debe estar escondido en algún lugar o a lo mejor en casa de alguna amiga. Cambió de planes y al final decidió no viajar a la heredad de su madre.

Su primo Ricardo llegó entonces y al enterarse de lo ocurrido se mostró alarmado.

—Debemos buscar a Rodolfo, a los criados que lo acompañaron. Averigüen quienes lo acompañaron ese día.

Angelica se alejó para que no notaran su presencia.

Buscaron en toda la mansión, hicieron preguntas, y no tardaron en saber qué criados habían acompañado a Rodolfo ese día, pero descubrieron alarmados que ninguno de ellos había regresado desde ese día. Eran cuatro los que partieron ese día con sus caballos y ninguno había regresado.

Villa Bianca estaba a unas diez horas tomando el tren, pero se demoraba más en llegar si se iba a caballo. Varios días. Y no hacía tanto que se había marchado. Ocho días en total. Igual resultaba raro que los criados no regresaran ese día luego de escoltar a su hijo hasta la estación de tren. A menos que él les pidiera que lo acompañaran a su nuevo hogar. A Rodolfo le gustaba tener sirvientes fieles a él y estaba furioso, antes de marcharse le dijo cosas muy duras a su padre. Se habían enfrentado y fue muy duro para él, era su único hijo. Pero ambos sabían la verdad. Rodolfo sabía que él era incapaz de hacerle daño a una mujer, pero sabía que él quería a su esposa.

El conde recordó con amargura ese día, el día que peleó con su hijo.

—No puedo creer que mi esposa te prefiera a ti, eres un viejo para ella, podrías ser su padre. Y para ti sería como tu hija. ¿Es que no sientes asco de eso? a mí me da mucho asco padre. Eso no es natural—le dijo Rodolfo.

—¿Qué dices, muchacho? ¿Te has vuelto loco?

—Tú estás loco, padre, ¿crees que no he notado cómo miras a mi esposa? ¿Y por qué no he podido tocarla desde nuestra boda? Eso ha sido obra tuya, padre, primero me das una esposa para que me vuelva responsable y luego me la quitas.

—No puedes acusarme de eso, tuve que alejarla de ti por tu culpa. No has aprendido a tratar a una dama, Rodolfo. Sólo quise se tomarán un tiempo, sois tan jóvenes los dos.

—¡Tiempo! tiempo dices? Desde mi noche de bodas no he podido tocar a una mujer padre, a una sola, ni que decir a mi esposa. Alguien ha estado envenenándome. Y ahora sospecho que eres tú.

—¿Envenenarte? ¿Me acusas de envenenarte? ¿Es que te has vuelto loco?

La discusión se volvió violenta, desagradable. No hubo forma de calmar las aguas, de hacerle entender. Su hijo lo acusó de querer robarle a su esposa. De haberlo estado envenenando con una extraña hierba que causa sueño e impotencia.

Él no se defendió, no dijo nada. En ocasiones era mejor callar.

Sin embargo, se quedó muy disgustado y furioso por lo ocurrido.

Pero de lo que hablaron ese día fue entre padre e hijo y nadie más lo supo.

Su hijo se fue gritando que nunca le concedería la anulación a su esposa y que vendría a buscarla luego de que estuviera establecido en

Villa Bianca. Que vendría a buscarla con un alguacil y nadie podría impedir que se la llevara por la fuerza pues era su esposa y le pertenecía.

Su desaparición era inesperada y extraña. Toda la mansión se enteró y él envió a sus sirvientes a averiguar. Tenía que encontrar a su hijo y saber que estaba bien. Todo eso era inesperado, y no le gustaba. Nadie desaparecía como por encanto, todo tenía una explicación. Él estaba muy decidido a ir a Villa Bianca, no podía entender ¿por qué no había llegado, acaso había cambiado de parecer?

****

Los días pasaron y Rodolfo seguía sin aparecer.

Cuando Annie fue a llevarle el desayuno le preguntó si había alguna novedad.

Su criada meneó con la cabeza.

—Nada, señora... el conde ha decidido ir él mismo a buscarlo.

—¿Ha ido él? —la joven se sonrojó.

La mansión estaba llena de parientes y allegados, todos se habían ofrecido a buscar a Rodolfo, pero sabía que tal búsqueda resultó infructuosa. Luego de revisar cada palmo de la propiedad y los caminos linderos no habían encontrado siquiera una pista.

—Qué extraño... todo esto lo es. Mi esposo ha desaparecido, pero no soy viuda ni puedo pedir la anulación. Estoy como atrapada en un limbo. Lo siento. Sé que no debería decir esto, pero...

Angelica tembló al pensar en qué sería de ella si su esposo jamás aparecía, si quedaba atrapada en la mansión Borromeo esperando día tras día alguna noticia, sin poder volver a su casa, sin poder casarse de nuevo.

—No se preocupe señora Angelica, creo que su esposo hizo esto para llamar su atención y la de su padre. Como un chiquillo que juega al escondite, no creo que le haya pasado nada malo.

—Tal vez... ¿pero y los criados que lo acompañaron? ¿Dónde están? ¿Por qué no han aparecido todavía?

Era bastante raro, a decir verdad.

Angelica desayunó y luego inquieta se acercó a la ventana y suspiró. Otro día gris y frío de otoño.

Por fortuna para ella había algo de sol filtrándose entre las nubes iluminando ese frondoso bosque a la distancia. Era una luz de esperanza. Si su esposo moría o desaparecía tendrían que concederle la anulación. Le sorprendió y disgustó tener esos pensamientos, es que no sentía afecto alguno por su esposo y no podía fingir lo contrario. Su suerte casi le era indiferente excepto porque le afectaba a ella, quisiera o no, estaban unidos en matrimonio. Y la suerte de su esposo era también la suya.

—Ojalá aparezca, Annie, si es una broma realmente no tiene ninguna gracia. Si hizo esto para enloquecernos... no es justo.

De haber podido habría escapado. De haber podido habría corrido. Pero no podía hacer nada más que esperar.

Aguardó con impaciencia el regreso del conde con alguna novedad, pero al parecer no había regresado y tuvo que contentarse con rezar y seguir aguardando alguna noticia sobre su esposo.

****

El conde Borromeo tardó días en regresar y cuando lo hizo estaba exhausto. Angelica lo notó cansado y triste, sabía que no traía buenas nuevas.

Sus familiares se dispersaron. La travesía había terminado y no habían podido encontrar a Rodolfo.

Sin novedades, sin rastro de su marido Angelica pensó que eso era más que una broma.

El conde pidió verla a media tarde y Angelica se miró en el espejo y se ruborizó. Llevaba un vestido rosa y su cabello peinado, recogido en un moño. Se miró inquieta, hacía días que él la evitaba y no era para menos, su hijo había desaparecido y antes de eso...

Fue a verlo a la salita de música, pensó que tal vez le diría que podía regresar a su casa o pedir la anulación. Su mente era un torbellino a esa altura.

—Ven, pasa Angélica. ¿Cómo has estado?

—Buenas tardes, señor Borromeo. ¿Ha sabido algo de su hijo?

—No... lo siento, pero no hemos encontrado ni rastro de él.

—¿Qué pasará ahora conmigo, señor Borromeo? Su hijo se ha marchado y yo no puedo quedarme aquí eternamente.

—Es verdad, pero sólo pienso que deberías regresara tu casa, Angelica. Eso te hará feliz supongo, aunque no sé cómo lo tomarán tus padres. He hablado con el padre Abelardo. Le he pedido que anule tu boda y ha accedido si tú lo solicitas y juras ser virgen.

Ella lo miró impávida, no podía creerlo.

—¿Eso significa que me concederán la anulación y podré irme?

—Así es, supongo que no es justo para mi hijo, pero si él se ha marchado y ha decidido hacernos esta broma... tú no puedes esperar aquí sin saber qué hacer y yo dedicaré todos mis días a buscar a Rodolfo. Esto todo lo que me queda ahora. Mi hijo ha desaparecido y los sirvientes que lo acompañaban también. Es muy extraño... sospechamos que no siguió la ruta más corta, sino que siguió otro camino. Pero no hay rastro de él ni de su comitiva. Es un misterio. Nadie lo ha visto en el pueblo ni los alrededores.

—Comprendo... lamento mucho lo ocurrido.

—No fue tu culpa, Angelica, todo fue mi culpa, cometí muchos errores con respecto a mi hijo. Sin embargo, creo que es justo que después de todo lo que ha pasado regreses a tu casa, Angelica.

La jovencita asintió, pero no se sintió tan entusiasmada ni feliz en esos momentos.

—No ha sido fácil para ti, nada ha sido lo que esperabas. Pero al menos estarás libre para poder casarte en el futuro. Cuando todo esto pase. Es lo justo supongo.

Angelica lo miró, pero no dijo nada, sólo podía acatar lo que su suegro había decidido. Tendría la anulación que tanto deseaba y sería libre, libre para regresar a su casa. ¿Por qué no estaba feliz? ¿Por qué no corría y bailaba de alegría? Ni siquiera sonrió. Regresó a sus aposentos preocupada.

****

Al día siguiente despertó con un rayo de sol, más contenta y animada. Aceptó lo irremediable sin pensar en nada más. A fin de cuentas, lo había deseado desde el principio, desde su noche de bodas. Ese matrimonio había sido un error. Entonces obtendría la anulación. Finalmente la tendría. Estaría libre para poder casarse algún día. Para ser su esposa.

Esos pensamientos la inquietaron, pero lo deseaba tanto. ¿Por qué negarlo? Estaba enamorada de ese hombre, aunque fuera una locura, estaba loca por él, verle, sólo verle una vez más y lo único que ahora la entristecía era pensar que debía marcharse, era pensar que era una locura, que no podía ser. Que nunca sería bien visto ni tendría su aprobación...

—Señora, ha salido el sol, ¿quiere dar un paseo? —le preguntó Annie.

Angelica se sorprendió de verla sonreír, parecía hacerlo en ocasiones especiales.

—¿Dar un paseo? Me encantaría.

Angelica se cubrió con la capa y fue a dar un paseo a los jardines. Le parecía extraño recorrer la mansión sin ser vigilada por un montón de criados, un montón de ojos siguiendo sus pasos, poder andar sin prisa y sin tanta vigilancia, aunque Annie no se despegó de ella.

El sol le hizo cerrar los ojos y de pronto sintió que respiraba aire puro, un aire fresco tan agradable acompañado de las fragancias de las plantas. El aire frío agitó su cabello que llevaba sin demasiado remilgo, con unas pocas cintas que aún conservaba de su ajuar de novia. Ese que había armado sin ningún entusiasmo hacía más de dos meses cuando supo que debía casarse con Rodolfo Borromeo. La sensación de tener el viento en su rostro le dio tanta calma y bienestar. No podía creer estar allí ni sentirse así y de pronto lloró furiosa, lloró por ese horrible encierro que sufrió por negarse a los brazos de un marido bruto y cruel. ¿Sería que la había encerrado para protegerla o para castigarla por su osadía? El conde dijo que no aprobaba esa boda porque ella no estaba madura para ser la esposa de ningún caballero.

Angelica apretó los labios al verle aparecer de repente, toda la paz de ese paisaje había desaparecido y una extraña agitación sacudió su alma.

—Os veis feliz, Angelica—dijo entonces.

Ella asintió.

—Usted me mantuvo encerrada señor Borromeo, mucho tiempo para castigarme por ser una mala esposa supongo—las palabras brotaron como un torrente de su garganta.

Ahora que todo había terminado podía darse el lujo de ser sincera, ahora que ya no era la esposa de su hijo y pronto podría regresar a casa podía decir lo que pensaba y desahogarse.

Él la miró muy serio y pareció meditar su respuesta mientras miraba hacia la arboleda.

—Perdóneme, realmente lo siento, pero no lo hice para castigarla, aunque ahora lo vea así.

Se hizo un incómodo silencio en el cual sus miradas se enfrentaron.

—¿Entonces por qué lo hizo?

—Para que estuviera a salvo de mi hijo. Usted no estaba lista para convertirse en su mujer, ni él para convencerla de lo contrario. Fue mi error, ambos eran muy jóvenes, señorita Angelica. Ahora sé que esa boda fue un error. Pero ahora podrá pedir la anulación, en unos días.

Ella sostuvo su mirada sintiendo que los colores el subían al rostro al sentir la suya.

—¿Entonces, no la tendré enseguida?

—Debe ser solicitada por el padre que los casó, Angélica. Él presentará su testimonio y solicitará a la santa sede la anulación.

—¿Y la tendré?

—Eso ya no dependerá de mí ni del padre Abelardo. Él hará todo lo posible, me lo ha prometido pero el problema es que luego... un estigma caerá sobre usted, señorita.

—¿Un estigma?

—No podrá casarse de nuevo, no enseguida. Puede que la castiguen no permitiendo que se case nuevamente. Eso lo decidirá la santa sede, pero no puedo asegurar que será así, sólo le digo lo que me ha dicho el padre Abelardo en la conversación.

—Eso es injusto, señor conde.

—Sí, sé que lo es. Pero es que las anulaciones no son comunes.

Angelica se quedó callada y triste. Había esperado otra cosa, que todo fuera más fácil.

—Me castigarán a mí, pero no a su hijo.

—Señorita, si es usted quien solicita la anulación por no consumación del matrimonio deberá explicar la razón por la que esa consumación no se llevó a cabo. Deberá ser sincera con el padre y decirle por qué se negó a mi hijo esa noche.

—Él quiso forzarme, señor Borromeo, usted lo sabe.

—Una mujer no puede negarse a su marido, preciosa, si acepta ser su esposa es para convertirse en su mujer en la intimidad. Usted nunca quiso casarse con mi hijo, sus padres la obligaron y por eso estaba tan triste ese día, puedo entenderlo. Solo le advierto que los curas del vaticano no tendrán piedad de usted y puede que le nieguen la anulación pues dirán que usted no cumplió con sus deberes maritales.

—Su hijo me lastimó, ¿cree que así debe tratar un hombre a su esposa en su noche de bodas?

El conde se puso muy serio.

—Sé que mi hijo estuvo mal, había bebido y perdió el control al sentirse rechazado.

—¿Entonces me culpa por lo ocurrido?

—No, no la culpo a usted, culpo a mi hijo por encapricharse, por no oír mis consejos. Pensaba que una esposa le haría madurar, algún día toda esta herencia será suya y me equivoqué a su vez al insistirle en que se casara. Resultó evidente que no estaba preparado para asumir un compromiso tan serio como el matrimonio.

—Entonces no sabe si tendré la anulación, no la tendré ahora ni podré marcharme supongo.

—Deberá esperar a que las autoridades eclesiásticas tomen una decisión, puede transcurrir dos semanas, un mes.

—¿Un mes? Entonces... no podré volver a mi casa ahora.

El conde pareció considerar el asunto y se mantuvo silencioso.

—Si regresa con la anulación de la boda, ¿qué cree que dirán sus padres, señorita? ¿Es que no lo ha pensado?

Angelica comprendió que estaba en una encrucijada y no sabía qué pasaría con la anulación ni tendría la libertad como sospechaba. Y peor que eso, su marido podía regresar y al diablo con la anulación, se pondría furioso.

De pronto sintió un viento helado envolverla y tiritó, habría preferido correr, correr muy lejos, pero estaba atada a ese lugar y lo sabía, atada a Rodolfo. Era su esposa.

—Mis padres no me perdonarán y no tendría a donde ir si pido la anulación, señor Borromeo. Pero quiero hacerlo. Lo haré.

El conde suspiró, no sabía qué pensaba porque en esos momentos le daba la espalda y se alejaba espacio rumbo a los jardines.

—¿Está segura de que quiere pedir la anulación?

—Sí. ¿Qué más me queda? Su hijo se ha ido enojado y quizás nunca regrese. No tengo alternativa. Mis padres tendrán que aceptar que se equivocaron y seguramente me enviarán a casa de una tía solterona hasta que el escándalo se olvide. O tal vez me envíen al convento junto a mi hermana Emilia para castigarme.

El conde se alejó y Angelica lo vio irse pensativa. Nada era lo que había esperado, pero no tenía escapatoria, estaba decidida a pedir la anulación sin pensar en nada más.

Annie la acompañó.

—¿Se sabe algo de Rodolfo Borromeo Annie? —le preguntó cuándo llegaron a lo más profundo de los jardines. No quería que escucharan su conversación y notó que había sirvientes cerca.

Su doncella tragó saliva incómoda.

—Es un misterio señora, se marchó y nadie sabe dónde está, ni él ni sus sirvientes. No tiene explicación. El señor teme que le haya pasado algo malo y está preocupado. Ha enviado nuevamente a sus hombres a recorrer toda la propiedad, pero no encontraron ni huellas. Si no aparece en unos días deberá avisar al alguacil y eso no le agrada. Pero se dice que su hijo se enfadó y se marchó y hace todo esto para enloquecer a su padre, que está escondido aquí, en algún lugar.

—¿Tú lo crees, Annie? ¿Crees que sería capaz de hacerle eso a su padre?

Annie la miró.

—Él sufría celos de su padre, estaba muy enfadado porque la tenía a usted encerrada y no le permitía acercarse. Por favor, no diga nada señorita, si lo hace me despedirán.

—Oh no diré nada Annie. Por favor, dime qué pasó, no tengo con quien hablar aquí, nadie me cuenta lo que ocurre en esta mansión.

La doncella miró a su alrededor con expresión alerta.

—El señor Rodolfo era muy cruel, muchos lo odiaban señora y también piensan que pudieron hacerle daño en venganza... él siempre tomaba lo que le apetecía. No aquí, en la mansión, siempre respetó a las criadas y campesinas, en otras tierras él no era tan bueno ni tan considerado. Se dice que ultrajaba a las jóvenes que le negaban sus favores. Si le gustaba una moza o campesina y la quería, nada impedía que la tuviera y eso despertaba el odio hacia él y la fama de bandido. Su padre no lo sabía, nunca supo. él creía que tenía una muchacha para eso, no tenía una, tenía varias, pero se aburría, siempre buscaba aquella que lo ignoraba. Ahora dicen que a lo mejor alguien lo hizo desaparecer para vengarse. Y que seguramente esté muerto y enterrado en algún lugar.

—Pero nadie lo vio.

—Partió un día muy oscuro con mucha niebla, no sé qué planeaba, pero no podría llegar la heredad de su madre con ese día. Conocía bien el camino, pero debió detenerse en algún hostal antes de llegar a la estación de tren y nadie lo vio llegar allí. Este tiempo es muy ingrato para poder llevar a cabo una búsqueda efectiva, además. Sólo hoy salió el sol y esperan que el buen tiempo continúe.

—¿Tú qué imaginas que pasó, Annie? ¿Acaso crees que fue asesinado?

Annie no supo qué pensar, pero no pareció horrorizarse, como si ya lo hubieran pensado todos, además.

—Tal vez. nadie puede saberlo ni tampoco negar que tenía algunos enemigos. Yo no creo que se escondiera aquí, creo que le pasó algo terrible, lo presiento. Uno de sus amigos dijo que lo habían amenazado, que Rodolfo tenía miedo y que por eso se marchó de aquí. Yo creo que algo escondía, y encontró una excusa para marcharse. Espero que sea eso, pero era un joven muy malvado, señora, siempre estaba metido en lío de mujeres, o en riñas. Era un bueno para nada si me pregunta, su padre quería que tomara en serio sus responsabilidades como heredero, pero... él no lo hacía. Sólo quería ir al pueblo a buscar mujeres, a beber con sus amigos, pasaba mucho tiempo allí en malas compañías. Y luego estaba eso que ya le dije.

Callaron de repente al ver a un grupo de jinetes acercarse por el sendero. Eran muchos y Angelica se replegó asustada al ver que eran demasiados.

—¿Quiénes son?

—No lo sé, señora, pero será mejor que regresemos a la mansión.

Angelica obedeció y pensó que al menos ya no tendría que regresar a la torre. Tenía nuevos aposentos y ya no tendría que esconderse de Rodolfo.

Pero la conversación con Annie y la inquietante llegada de esos jinetes le hizo temer que él pudiera regresar. Si regresaba podría impedir que tuviera la anulación y...

Sospechas

Una semana después, una numerosa comitiva se presentó en la mansión Borromeo, algo muy palo pasaba pues todos los criados se quedaron agitados y de pronto se escucharon las campanas.

Fue Annie quien tuvo el disgusto de darle la triste noticia.

Su esposo estaba muerto y habían llevado su cuerpo para ser enterrado en la mansión.

—¿Muerto? —replicó la joven aturdida.

Su criada asintió con aire grave.

—¿Pero ¿cómo? ¿Qué ha pasado?

—No lo saben, pero lo encontraron muerto en el camino, el conde está destrozado. No logra convencerse, y ha dicho que encontrará a quién hizo esto.

—¿Fue asesinado?

Annie asintió mirándola con esos ojos brillantes llenos de miedo.

—Sí, señora. Lo mataron a él y los demás... sólo uno parece haber escapado y no han podido encontrarlo.

—¿Pero ¿dónde estaban?

—En la propiedad a la que esperaban llegar. Dicen que fue una venganza, pero nadie sabe con certeza qué ocurrió. Están investigando.

Angélica se sintió deprimida. Desconcertada. No podía creer lo que había pasado y esa sensación de tragedia se mezclaba con algo que no lograba entender.

Era como un mal sueño, un sueño raro y grotesco, su boda primero y ahora su esposo muerto.

Siguieron días helados y fríos, con lluvia, al tiempo que se llevaba a cabo el entierro y una misa por el alma de Rodolfo. El único hijo del conde.

Ambos se miraron durante la misa de difuntos un momento, pero no hablaron. Ella dijo que lo sentía cuando minutos después se reunieron y él asintió, conmocionado. Pues a pesar de ser un bribón descarado irresponsable, era su hijo.

Sus padres se enteraron de lo ocurrido, pero no pudieron asistir pues dijeron sufrir un fuerte resfrío.

"Mi querida niña, te acompaño en el dolor. Quedarte viuda tan joven. Por favor, no dudes en regresar a casa en cuanto logres estar fuerte para viajar. Estaremos esperándote. A lo mejor te convendría hacer un viaje, aunque temo que con este tiempo no sería posible. Aguardamos tu regreso con impaciencia. Todo ha terminado y no creo que sea prudente que te quedes en la mansión Borromeo. Temo que recuerdos tristes te agobiarán y desearás alejarte y descansar. Necesitas paz. Ay mi niña, estamos tan apesadumbrados por esta tragedia. ¿Quién cuidará ahora de ti? Nosotros no vamos a durarte siempre..."

Angelica terminó de leer la carta molesta, nerviosa, su madre daba muchas cosas por sentadas, primero le decía que debía abandonar la mansión Borromeo, pero luego le decía que eso podía no ser prudente. Por su deuda con la familia Rímini, el peligro de estar nuevamente soltera y...

Apartó esos pensamientos, estaba demasiado deprimida para pensar en nada más. Por un lado, se sentía liberada y culpable por sentir esa liberación y luego pensaba en esa carta de su madre. Ahora sería una carga para ellos y con la amenaza de los vengativos Rímini D'Anunzio y la sombra sobre todos...

Angélica no lo había pensado, pero comprendió que seguramente todo cambiaría ahora, el conde no querría saber nada de ella, se había alejado luego de pelear con su hijo y podía entenderlo pero

Pensó que con el tiempo tal vez...

En esos momentos todo le parecía tan irreal, tan extraño.

Ciertamente que nunca había deseado que Rodolfo tuviera un final como ese, había esperado que le concediera la anulación, pero sabía que eso no sucedería y ahora era viuda. Viuda al fin.

Se sorprendió al mirarse en el espejo. Con ese horrible vestido negro de sedas y encaje el tocado de tul, su rostro sin embargo se veía rozagante y feliz. Feliz de saber que era libre, que a pesar de la tragedia algo bueno resultaba: ya no era la esposa de Rodolfo Borromeo: era su viuda. Y podría marcharse en cuanto fuera el momento.

¿Pero lo haría? Ahora era libre y podía...

Apartó esos pensamientos avergonzada, estaba confundida, nerviosa por los últimos acontecimientos y cuando Annie la ayudó a quitarse ese horrible vestido negro decidió irse a dormir.

****

Los días que siguieron al funeral de su esposo quedarían grabados en su mente para siempre.

Fueron días tristes, penosos, la mansión había colocado crespones en las habitaciones principales y cortinas oscuras en señal de duelo y no estaba permitida ni la música ni los bailes ni las reuniones. Sin embargo, los parientes y amigos del conde no dejaban de llegar, días tras días para presentar sus respetos. Eran las llamadas visitas de duelo.

Todos en la mansión comenzaron a hartarse de ellas y un buen día, el conde anunció que no recibiría más visitas de duelo. Estaba devastado por la muerte de su único hijo pues a pesar de haber sido un bandido, era su hijo y lo amaba.

Angélica aguardaba día tras día alguna novedad sobre la identidad del asesino, pero al parecer el alguacil dijo que el horrendo crimen había sido un hecho desafortunado, unos bandidos del camino lo habían hecho. Era un grupo de malhechores que asaltaban a los viajeros y les robaban todas las pertenencias causando estragos en la comunidad. Y todavía no habían sido apresados.

Fue entonces que se supo que el hijo del conde no pensaba irse a la propiedad de su madre sino viajar al extranjero pues se había llevado mucho dinero de la mansión, además de las joyas que eran de su madre y debían ser heredadas por la nueva condesa Borromeo algún día. O eso le contó Annie muy seria un día.

—Es tremendo —opinó Angelica sin encontrar palabras más atinadas que esa. Jamás imaginó que su marido fuera tan pillo.

—Por favor, no diga a nadie que le he contado.

La joven empezó a sentirse harta de que siempre le dijera eso.

—¿Y por qué no puedo saber lo que pasa en esta familia, Annie? ¿Por qué tanto secreto y misterio? ¿Crees que haces mal en contarme lo que ocurre en esta casa?

Su doncella la miró algo atribulada.

—No es por usted, señora, es por mí... no debo murmurar.

—Está bien, supongo que tienes razón. Pero ¿cómo es que se han llevado tesoros de la mansión sin que nadie diera la voz de alarma?

—No lo sé, señora. Es muy extraño, sí. Tal vez supieron, pero nadie habló pues se trataba del hijo del conde, señora.

Angelica suspiró. Ahora todo estaba en manos del alguacil. Habían seguido la pista de los bandidos durante meses, pero no habían podido pillarlos. Era siniestro y extraño, un grupo de bandidos asolando las praderas. Annie le habló de ello.

—Señora, no piense en regresar a su casa todavía. Sería peligroso.

—Bueno, no puedo quedarme aquí para siempre. Mi madre me ha escrito una carta y espera que regrese a casa ahora. Nada me ata aquí, Annie.

Tenía razón, su doncella no dijo nada. Ese día gris y lluvioso de otoño nada más podía hacer.

****

Todos los amigos de Rodolfo Borromeo fueron interrogados y ellos hablaron de los planes de Rodolfo de escapar pues estaba harto de soportar el yugo de su padre y de un matrimonio concertado que lo hacía infeliz.

Uno de ellos, Giuseppe, habló con el alguacil y dijo que hacía tiempo que Rodolfo quería marcharse y tenía una razón distinta.

El alguacil, un hombre bigotudo y flaco miró al joven pelirrojo con suspicacia.

—¿Y por qué quería irse de la mansión? ¿Por qué dejó aquí a su esposa?

El joven miró a su alrededor incómodo.

—Habían reñido creo. Pero en realidad Rodolfo tenía otros motivos para escapar.

Luego de dar rodeos el joven confesó que su amigo había estado recibiendo anónimos amenazantes, sospechaba que se trataba de algún familiar de alguna chica seducida.

Rodolfo Borromeo había sido todo un bribón al parecer. Ahora sólo quedaba encontrar a los responsables y llevarlos a la justicia.

Fue a hablar con el conde poco después para mantenerlo al tanto de sus investigaciones.

—Si habían robado las joyas, la platería, ¿por qué tuvieron que matar a mi hijo, alguacil? ¿Y los demás? —preguntó el conde al enterarse de lo ocurrido.

—Para que no pudieran ser reconocidos. Han dado muerte en otras oportunidades y cometido horribles actos contra las damas. Por fortuna no había ninguna en la comitiva.

—¿Quiere decir que también dañan a las mujeres que caen en sus manos?

El alguacil asintió.

—Han cometido ultrajes contra mujeres y si ven que son señoritas las raptan y las venden en la ciudad como mercancías, sacan mucho dinero por la venta de señoritas guapas y educadas.

—Pero ¿cómo es que todavía no han sido apresados ya esas alimañas? Asolan estas tierras y causan tanto daño, ¿cómo es posible que aún estén sueltos?

—Hemos estado tras su pista, señor conde, pero no es tan sencillo. Son astutos y se mueven en la oscuridad como demonios. Tienen un líder que es el cabecilla y un montón de rufianes vigilando los campos cuando cae el sol, aunque también lo hacen el día entero, no atacan todos los vehículos, no se atreverían a dañar a personas de prestigio so pena de ser ajusticiados, pero sí lo hacen con los forasteros, viajeros, extranjeros que recorren nuestro país, atraídos por sus bellezas. Pero si hay damas... ya imagina lo que hacen con ellas y si son señoritas de buena familia y guapas, las venden, ese es su gran negocio. Las envían lejos, muy lejos para venderlas a algún hombre necesitado de una mujer bonita y fresca. ¿No había oído hablar de la venta de esposas? Un hombre llegó a comprar tres y las tuvo encerradas durante años, las dejó preñada y tuvo más de diez hijos hasta que lo atraparon y él dijo que fue esa cuadrilla de criminales quienes le vendieron a las tres señoritas. Y él ya tenía esposa, pero al parecer no podía darle hijos.

—Y llevan años vendiendo esposas?

—Por desgracia sí. Muchas son vendidas y jamás regresan con sus padres, por vergüenza o porque terminan aceptando su realidad.

El conde sintió que la rabia lo consumía.

—Tienen que encontrar a esos malnacidos.

—Haré todo lo que esté a mi alcance pues han cometido un horrible crimen. Aunque le confieso que estoy sorprendido. Los malhechores no suelen dar muerte a sus víctimas, los golpean con garrotes sí pero no les dan muerte y aquí hubo varios crímenes y usaron pistolas. El médico dice que fueron ejecutados uno a uno y hay ciertas dudas... pues no la forma en que matan esos bandoleros del camino, ellos roban, asaltan golpean y ultrajan a las damas. Cuando no las roban y venden como mercancía.

—Señor alguacil, debe aprender a esos bandidos. Han matado a mi hijo.

—No tenemos pruebas señor Borromeo.

—¿Qué no tienen pruebas?

—No hay certeza ni pruebas de que fueran los bandidos.

—Pero han robado sus pertenencias.

—Alguien más pudo hacerlo. por eso estoy aquí. ¿Sabe si su hijo tenía enemigos?

—No, señor alguacil. ¿Enemigos? Sólo tenía diecinueve años.

—Sin embargo, me han contado que su hijo había roto algunos corazones en el pueblo y había estado recibiendo cartas amenazantes.

El conde tragó saliva, no quería que los trapitos sucios de su hijo salieran a la luz, diantres, apenas podía lidiar con el dolor y la culpa por lo que había pasado.

—Nunca me dijo nada al respecto, alguacil. ¿Qué cartas eran esas?

—Cartas que lo amenazaban de muerte prácticamente. Estaba asustado y la pelea que tuvo con usted fue una excusa para escapar. Hacía tiempo que lo estaba planeando.

—¿Cómo supo eso, alguacil?

—Un amigo suyo me lo dijo. Giuseppe Borsari. ¿Lo conoce usted?

—Sí, por supuesto, era el mejor amigo de mi hijo.

—Bueno, al parecer alguien quería hacerle daño y pensamos que tal vez no fueron los bandidos de los caminos sino un enemigo secreto.

—Mi hijo tenía sólo diecinueve años alguacil. ¿Cree que realmente alguien podía odiarle tanto para hacer esto?

—Tal vez, lo estamos investigando, pero si sabe algo más le ruego que me lo diga. Cuente con mi discreción, no diré nada de esto a nadie.

—Es que no sé qué decirle, francamente... no se puede acusar a nadie sin pruebas y todo hace pensar que mi hijo fue víctima de un robo. Que iba cargado de dinero y joyas en ese carruaje siguiendo un camino peligroso, un atajo para irse más rápido y que eso fue su ruina.

—Sí, lo sé, pero debe haber algo más señor Borromeo. Tal vez debería hablar con su esposa, si me lo permite.

—Con su esposa? ¿Por qué?

—Tal vez ella hubiera sido su confidente, señor conde.

—La esposa de mi hijo se encuentra alicaída con su pérdida y no creo que sea oportuna su visita.

—Está bien, comprendo. Quizás en otra oportunidad.

El alguacil abandonó la mansión media hora después sin haber sacado nada en limpio. Pero más convencido que antes de que el hijo del conde había sido asesinado por alguna razón.

Su padre estaba fuera de sospecha, era un caballero digno y además era el más afligido por su muerte. ¿Pero y su esposa? Había oído que era una joven hermosa y muy rica, una rica heredera que muchos habían querido conquistar en el pasado. ¿Acaso algún antiguo enamorado? Ni siquiera había podido conversar con ella pues el conde no lo había permitido. Había quedado mosqueado y furioso con él por andar haciendo preguntas. ¿Y cómo diablos iba a llegar a la verdad si no indagaba?

Pero a lo mejor alguien más hablaba, algún amigo o pariente del conde y lo ilustrara un poco más sobre la vida de su hijo y si tenía enemigos o no.

****

El conde estaba furioso, abatido por el duelo tenía que pensar con prisa qué haría ahora con esa jovencita pues no quería que nadie osara poner en duda su honor. Ni que trascendiera que nunca había compartido la habitación con su hijo.

Y nervioso pensó que lo mejor era enviarla de regreso a su casa. En esos días no era más que un fantasma atormentado por la culpa y luchando por algo más que no se atrevía a admitir: el deseo, el deseo feroz reprimido que sentía por esa joven, aunque no quisiera verlo, ni sentirlo. La deseaba y se moría por hacerla suya, pero sabía que no podía ser, que no era correcto buscarla ni tampoco abrigar pretensiones con respecto a la bella Angélica.

Habría preferido enviarla cuanto antes para que estuviera segura, pero al enterarse de esa banda de viles raptores cambió de idea. Tendría que escoltarla personalmente y para eso tardaría días, ciertamente que no se sentía capaz de abandonar la mansión ahora. No tenía fuerzas ni ánimo para nada, no dejaba de pensar en su hijo muerto todos esos días por su necedad, por haberlo enfrentado por causa de una mujer. De su mujer...

Todo había sido su culpa, jamás debió permitir que desposara a esa joven, era demasiado bella para no causar dolores de cabeza, siempre era igual. Mujeres muy hermosas y tentadoras, dulces y perfectas en apariencia que escondían un genio vivo, eran voluntariosas o simplemente era la miel que escapaba al panal y atraía a toda clase de abejorros. Locos por probar de su dulzura, locos todos ellos por atrapar a esa dulce, dulce manzana de la discordia. Hermosa y lista a causar discordia, enredos, peleas. Como en el pasado que dos Borromeo que eran hermanos se mataron por causa de una mujer.

Él jamás fue vulnerable a las mujeres hermosas, de joven siempre buscaba mujeres que fueran amables y educadas, no necesariamente guapas. Un gran corazón, la prudencia y el recato valían mucho más que una apariencia bella que el tiempo marchitaba y causaba tantos problemas.

Hasta que vio a esa joven en la mansión de la rosa blanca llorando y gritando que no se casaría con su hijo, como niñita a la que le niegan un dulce y le dan una zurra para que deje de llorar. Empecinada, caprichosa y remilgada. Pero tan bella.

Conocía a esa niña, desde muy pequeña y ese encuentro fue chocante para él, fue una completa desilusión. No esperaba que actuara así. Todas las señoritas sabían que debían casarse un día con el hombre que su padre escogiera, todas lo aceptaban felices de poder casarse y no convertirse en eso temible llamado solterona.

Pero esa joven en vez de estar feliz se crispaba y luego...

Su hijo terminó de arruinarlo todo con sus modales de golfo y ahora...

Temía por la muchacha, sus padres eran mayores, no gozaban de salud y ella era una rica heredera que casi fue raptada en el pasado por un enamorado y sus padres temían que volviera a ocurrir. Pasaría por supuesto, si entregaba a esa hermosa mujer viuda y sola.

Hizo un gesto adusto con el labio y se miró en el espejo del comedor sin entender por qué rayos no hizo algo antes, por qué seguía esperando... pero en su mirada estaba la verdad, en ese gesto de rabia y miedo. El conde sabía lo que pasaba por su cabeza... aunque estuviera prohibido, aunque fuera inevitable.

Pero estaba de luto, el duelo por su hijo le duraría siempre, el duelo y la culpa y la sensación de que lo había empujado de cierta forma a tener ese horrible final.

—No fue vuestra culpa, Adriano. No puedes culparte de esto también—le había dicho su primo días atrás en unas de esas visitas de luto.

Él lo miró sin decir palabra demasiado triste y aturdido para hablar.

Pero él se sentía mortificado al pensar que debió evitar que se fuera, su hijo era rebelde e impulsivo, no era malvado, sólo atolondrado y con amistades peligrosas.

—Deja de culparte por lo que pasó. Fue una fatalidad—insistió su hermano menor al día siguiente.

Y encontró frases como esas que no lograban darle paz. No dejaba de pensar por qué lo había hecho, por qué se fugó robándose las joyas que debían ser de su esposa un día, no, no encontraba explicación para una actitud así.

Tal vez estaba resentido por haberlo privado de su esposa. Sabía cuánto la deseaba y quería tenerla, era suya maldita sea y no podía tocarla.

Pudo llevársela ese día, no lo hizo. Ni siquiera le exigió que le entregara a su esposa. Dijo que luego regresaría por ella. Y apareció muerto de varios disparos junto a sus criados. Sólo uno sobrevivió, pero había muerto el día anterior sin poder hacer nada, sin decir palabra.

Tenía heridas de cuchillo como los demás. Alguien quiso poner fin a la vida de su hijo, pero ¿quién? ¿Sólo para robarle las joyas?

¿Quién sabía que llevaban un cofre rebosante de hermosas gemas? ¿Alguien de la mansión? ¿O sólo fue casualidad que se cruzaran con su hijo ese día?

El conde se sentía atormentado por no saber lo que había pasado y de nuevo se preguntaba qué haría con Angélica pues no podía quedarse allí, debía protegerla de lo que pasaría luego. Cuando el alguacil descubriera que ella había sido la causa de su distanciamiento con su hijo.

****

Entonces llegó una carta de manos del tío de Angélica, Rómulo Valenti. Este caballero gordo y de poblada barba no se parecía en nada a su sobrina ni a su hermano Giacomo. Era bastante extraño. O eso pensó el conde Borromeo cuando lo vio.

Y luego de leer su carta y saber cuáles eran sus intenciones, su opinión de él no mejoró.

—¿Entonces pretende llevarse a su sobrina?

—Así es, caballero. Mi hermano así me lo ha pedido, encarecidamente. Cree que su hija se convertirá en una pesada carga para usted y desea trasmitirle nuestro más sentido pésame, de mi hermano y todos nosotros por la tragedia que le ha golpeado.

El conde agradeció el pésame, pero se mantuvo alerta. No conocía a ese hombre, aunque dijo llamarse Rómulo Venturini, nunca lo había sentido nombrar.

—¿Es usted hermano del padre de la viuda de mi hijo?

—Oh no. Soy primo del señor Valenti, pero fuimos criados juntos, como hermanos por nuestro abuelo. Verá es una historia larga...

El hombre se sintió algo incómodo por el interrogatorio y al conde no le hizo gracia notar que se ponía colorado, tenso y tuvo la sensación inquietante y punzante de que ese sujeto mentía.

—Bueno, llamaré a su sobrina para que venga a saludarle. Si gusta tomar asiento y esperar.

—Oh no es necesario, estoy bien así.

Cuando Angélica supo que su tío Rómulo había ido a buscarla para llevarla de regreso a la mansión se crispó y puso cara de terror. El conde le dijo la verdad sin preámbulos y sonrió al ver que ella se enfadaba y ponía esa cara de niña consentida que ya le resultaba casi familiar.

—Pero eso no puede ser, mi padre no tiene hermanos—dijo al fin.

—Dijo ser su primo.

—¿Su primo? Tiene varios primos, pero dos de ellos murieron y ninguno se llama Rómulo, señor Borromeo.

Cuando dijo eso el conde no supo qué pensar, en verdad que tenía sospechas, pero...

—Entonces venga conmigo por favor, verá a ese caballero y me dirá si es en verdad pariente suyo. Trae una carta de su madre.

—¿Una carta? Pero hace tiempo que mi madre no me escribe, sólo me mandó un mensaje al enterarse de la muerte de mi esposo.

Ella tomó la carta nerviosa, tensa, no quería marcharse de la mansión, pero ¿qué podía hacer? Si habían ido a buscarla...

La joven se puso pálida al leer el contenido de esa carta.

—¿Ha leído lo que dice, señor Borromeo? —le preguntó.

Él asintió con aire grave, disgustado. Tampoco parecía hacerle gracia el contenido de esa misiva, pero se esforzaba por disimularlo.

—Mi padre me ha encontrado esposo, señor Borromeo. Tan pronto... ni siquiera ha respetado mi duelo.

Él miró la carta y guardó silencio y ambos se miraron sin que hiciera falta decir nada. Cuando los silencios no eran incómodos, cuando no hacía falta más que una mirada honda y profunda, todo había sido dicho, sin palabras, en silencio, con miradas...

—Es para protegerla —dijo de pronto el conde y se alejó despacio como si temiera ser tentado por la hermosa jovencita.

—Sí, lo sé, pero no quiero casarme con otro hombre ahora. Por favor señor conde, no deje que me lleven. No quiero irme—su voz se quebró mientras bajaba la mirada incapaz de soportar su mirada rápida, inquisitiva.

—Otros caballeros vendrán a pedir su mano si se niega a regresar a casa de sus padres, no la dejarán en paz.

Ella pensó con rapidez y desesperación.

Sí, todavía podía hacer algo y lo sabía.

—Supongo que mi presencia le desagrada ahora, que está enfadado conmigo porque fue por mi culpa que su hijo se marchó esa noche. Lo sé. Y lo lamento tanto, nunca imaginé que esto pasaría.

—No, no diga eso por favor. No es verdad. No se culpe. La muerte de mi hijo es sólo mi culpa y por eso me siento triste y apesadumbrado. No logro entender por qué el señor me ha castigado tanto en esta vida arrebatándome a toda mi familia. Y sé que no debería decirlo, que soy un hombre fuerte y lo he soportado todo, pero... no está bien. Esto no es su culpa, señorita. Jamás debí consentir esa boda, pero ¿qué sentido tiene ahora lamentarse? Nada podemos cambiar del pasado sólo tratar de hacer algo con el presente y lo cierto es que este es un lugar triste para usted—hizo una pausa y se acercó y ella lo miró sonrojada con los ojos muy brillantes.

—Ahora es libre, Angélica. Era lo que quería supongo. Se ha pasado encerrada aquí—insistió.

—¿Libre? ¿Cree que deseo ser libre? —sus ojos adquirieron una expresión salvaje y extraña y de pronto sonrió y lo miro con descarada fijeza. Pero no se atrevió a decirle nada. No era el momento, y tenía la horrible sensación de que nunca sería oportuno acercarse a su suegro. Era una imprudencia, una locura y todavía le quedaba algo de sensatez para guardar silencio.

—Bueno, creo que debe ver al caballero que ha venido a buscarla.

Angélica estaba lista para negarlo todo, no importaba si conocía o no al hombre que había ido a la mansión Borromeo. Su madre decía que ya habían concertado un matrimonio con el hijo de un pariente lejano de su padre. No podía hablar en serio, no podía pedirle que se casara ahora. ¿Es que no tenía compasión de ella? Acababa de perder a su marido.

Entró temblando en la sala, precedida por el conde y allí vio a un hombre muy poco agraciado y de poblada barba oscura. Pálido, frentón, y de ojos hundidos. Nada más entrar él la miró con fijeza y cierto nerviosismo.

—Buenos días, señora Valenti. Tal vez no me recuerde, pero soy primo de su padre. He pasado muchos años en el extranjero, en París y en Provenza...

Le hizo una historia algo complicada de viajes y de que como había llegado hacía poco por eso nunca había oído hablar de él.

Pero ella sí escuchó hablar de un pariente trotamundos de su padre que se había gastado la herencia en viajes y a juzgar por su sencillo atuendo no le había quedado mucho para gastar.

—Señor Rómulo, lo siento mucho pero no me acuerdo de usted, pero tal vez diga la verdad. Sólo que ahora no puedo regresar a casa de mis padres.

—Oh ¿pero por qué? Ellos la esperan con ansiedad.

Ella miró al conde y se sintió inquieta por lo que iba a decir.

—Me temo que no podrá ser, no puedo regresar a casa de mis padres.

—¿Por qué lo dice? No comprendo.

Angélica sonrió y se sonrojó.

—Estoy esperando un bebé, señor Venturini. Un hijo de mi marido. Y en mi estado sería muy delicado viajar y además... El conde me ha pedido que me quede pues desea criar a este niño que será su nieto.

Esa revelación lo cambiaba todo y el desconocido se quedó mirándola impávido.

—Oh la felicito, mi querida sobrina. Es inesperado, pero ha sido una bendición por supuesto. Esto cambia muchas cosas.

Mientras el desconocido hablaba Angélica sentía la mirada de rabia y estupor del conde. Él no entendía por qué había mentido y ella estaba tan asustada por haberlo hecho que no se atrevió ni a mirarlo.

El desconocido hablaba y tocaba su gorra nervioso hasta que finalmente dijo que se marcharía.

—Sus padres se pondrán muy contentos con la buena nueva, y me alegra saber que a pesar de la tragedia tendrá usted algo para recordar a su hijo, señor Borromeo—dijo el forastero con una sonrisa.

Luego se marchó y Angélica tuvo que enfrentar la mirada de estupor y desaprobación del conde.

—Angélica... Lo que has dicho ... ¿Por qué no lo habías mencionado?

Ella le sonrió, pero no le respondió. Tal vez sí podría engañarlo un tiempo.

—No lo puedo creer. Pensé que ... Angélica ¿cuánto tiempo tienes de preñez?

—Sólo fue una vez, en mi noche de bodas. No lo sabía, pero le pregunté a mi doncella porque...

No quiso entrar en detalles y meter la pata, el conde la miraba con estupor.

—No he tenido mi regla y ella me lo recordó. Dijo que con una sola vez basta para que la semilla...

—Está bien, no tienes que decirme más. Debes cuidar ese bebé y olvida las caminatas y debes descansar. Descansa por favor.

Angélica se sintió mal por mentirle, pero estaba desesperada. ¿Qué otra cosa podía hacer? No quería marcharse y que sus padres la entregaran a otro joven caprichoso insoportable. Quería estar con él, quería que él fuera su marido, que la protegiera y cuidara. La mansión Borromeo y su bosque era su hogar, era su nuevo hogar y no quería regresar junto a sus padres.

****

La noticia de su preñez se corrió por toda la mansión, pero había alguien que no lo creyó en ningún momento. Su doncella Annie por supuesto, y esta se presentó en su habitación.

—Señora Angélica... va a tener un bebé? eso no puede ser.

Ella sonrió.

—ES mentira por supuesto, pero no digas nada o lo lamentarás—replicó en tono amenazante.

—Oh no señora, no diré nada, pero ¿cómo espera mantener esa mentira?

—Bueno, ganaré tiempo. El conde está muy abatido y debo estar a su lado.

—El señor Borromeo se enfurecerá cuando sepa la verdad. usted lo ha ilusionado ¿es que no piensa en eso? cree que espera un nieto y se ha puesto contento con la noticia.

—Y eso le hará bien y me dará tiempo.

—¿Tiempo? ¿Tiempo para qué?

—Para que mi familia me deje en paz, no quiero casarme con un hombre horrible otra vez. El otro día vino un tío mío a buscarme porque al parecer mis padres ya me escogieron esposo. Espero que muden de parecer cuando se enteren que estoy encinta.

Annie la miró ceñuda.

—Cuando el señor Borromeo lo sepa la llevará él mismo de regreso a su casa, ya verá.

—No lo hará... Me hará su esposa. Yo lo obligaré a que lo haga.

Su doncella la miró sorprendida.

—¿Y cómo hará eso? No lo conseguirá. El conde juró no volver a casarse jamás por respeto a su esposa Giuliana.

—Sí, su fea esposa Giuliana.

—No diga eso. Ella era guapa.

—¿Guapa? Sólo el conde y tú lo creían.

—No hable así por favor, él podría escucharla.

—Pues que lo haga, estoy harta de que me ignore.

—Esto es una locura. Pronto todos sabrán que su preñez es una mentira, cuando tenga la regla y los sirvientes...

—Cuando tenga la regla tú lo esconderás, Annie. Ahora sólo tengo que meterme en la cama y engordar para que nadie sospeche.

Una idea comenzó a gestarse en su mente.

—Ay señorita, qué osada es usted, qué audacia tiene.

Angélica se había metido en la cama y la miró ceñuda.

—Ve a traerme algo muy dulce, ya tengo antojos como le ocurre a las embarazadas.

—Enseguida lo haré. Sólo que me pregunto por qué lo hizo. ¿Por qué inventó algo tan peligroso?

Angélica no le respondió. ¿Qué podía entender su doncella? A ella nadie la obligaría a casarse con un hombre bruto, escogería a su esposo si decidía hacerlo. los criados y campesinos tenían amores en los campos, amores clandestinos y nadie les prestaba atención.

De una buena se había librado ella, sus padres ya habían planeado otra boda sin esperar a que su pobre esposo se enfriara en su tumba.

Se sintió mal al pensar en Rodolfo. No debía mentir ni tampoco tener pretensiones con el conde. Pero no podía evitarlo. Nadie podía evitar lo que sentía el corazón. La forma en que la miraba, que se había acercado a ella la última vez la llenaba de ilusión.

****

Su madre le escribió una carta muy feliz felicitándola pro su estado.

"Perdona que no vaya a verte, pero he sufrido un fuerte constipado y tu padre también y ambos estamos en cama, recuperándonos. Pero nos hace muy feliz tu noticia mi niña. ¿Cuándo nacerá?"

No, no sabía cuándo nacería porque ni siquiera estaba en su barriga todavía.

Aunque lo estaría pronto.

Decían que los hombres de esa familia dejaban preñada a una mujer desde la primera vez que la tocaban, si eso era así entonces...

Se sonrojó al pensar en sus planes.

Porque él se había acercado mucho esos días pensando que estaba embarazada y la miraba diferente. Ya no la evitaba como los últimos días, como si quisiera acercarse.

Era por el bebé, por supuesto. Por el bebé, no por ella. ¿Qué diablos estaba pensando?

Guardó la carta de su madre y se dijo que luego le escribiría.

Lo malo de mentir es que ahora la cuidaban como si fuera de cristal y no la dejaban salir de la cama porque el bebé era muy pequeño y se podía malograr.

Lo malo de mentir era que uno debía fingir y sostener la mentira a como diera lugar y a ella la habían criado de otra forma y por esa razón, por momentos se sentía como una perra malvada y tramposa. Mentía para quedarse, mentía porque no quería volver junto a sus padres y mentía por él.

Y esa mentira le permitió quedarse más tiempo mientras se preguntaba cómo llevar a cabo su plan, ese plan que viboreaba en su alma como una criatura maligna, impía. Un plan que la asustaba en parte y la avergonzaba también, pero comprendía que no tenía alternativa, no había otra salida.

—Señora, aquí le traigo su almuerzo.

Era una criada que la miraba con fijeza, como si supiera que estaba fingiendo. Angélica sostuvo su mirada molesta esperando que la bajara, pero no lo hizo. En esa mansión algunos criados eran muy impertinentes y fisgones, ya lo había descubierto y resignada tomó la bandeja y suspiró.

Ese día se sentía rara, perezosa y nerviosa. No hacía más que dar vueltas en la cabeza con lo mismo, ese plan parecía a punto de enloquecerla, pero debía fingir que estaba encinta y comer más que antes como sabía hacían las mujeres preñadas.

—Señora, ¿cómo está usted?

Allí estaba de nuevo su doncella mirándola con cara de preocupación.

—¿Por qué lo hace, señora Borromeo? ¿Es que no sabe que se meterá en un gran lío cuando se sepa la verdad?

Angélica miró a su sirvienta molesta pero no quiso reprenderla, era casi una amiga, la única que tenía en esa mansión donde todos parecían mirarla con rabia, no sabía si por ser forastera o por ser la manzana de la discordia entre el conde y su hijo, pues no se engañaba con respecto a eso, en ese lugar todos sabían todo, los sirvientes iban y venían silenciosos como fantasmas y la espiaban a ella y todo el mundo.

—Oh calla, no me des sermones Annie, no eres mi madre.

La doncella guardó silencio y se quedó para conversar con ella y jugar a las cartas.

Y mientras comenzaban la partida Angélica le preguntó si sabían algo del asesino de Rodolfo.

Annie negó con un gesto.

—Sólo tienen sospechas, pero nadie sabe qué ocurrió.

—¿Y los amigos de mi esposo? Ellos solían venir aquí a veces y tal vez sepan qué pasó.

—Dicen no saber, señora. Al parecer su marido era muy reservado con sus asuntos.

—Entonces no han descubierto nada—Angélica estaba exasperada.

Su doncella la miró.

—En realidad sospechan de unos bandidos que asolan los caminos, eso dijo el alguacil. Malhechores que se dedican a actos de pillaje en la frontera, roban todo lo que está a su paso incluso mujeres.

—¿Roban mujeres? Qué cretinos.

—Así es señora, roban mujeres jóvenes, señoritas delicadas y guapas para venderlas como mercancía.

—¿Las venden como esclavas? ¿Qué rayos?

—No. Las venden como esposas a otros caballeros.

—Qué terrible. Han de ser hombres gordos y muy feos.

—Tal vez, aunque dicen que han ultrajado a varias antes de venderlas.

—Oh qué horror. Yo querría morir si algo así me pasara.

—El señor conde está preocupado por usted, señora.

Eso le interesó de inmediato.

—¿Está preocupado? ¿Piensa que van a raptarme y a venderme como esposa de algún hombre feo?

Annie asintió.

—Dice que ahora que ha enviudado podrían llevársela, sería presa fácil de un cazadotes.

—Oh claro que no, no me dejaría embaucar tan fácilmente, además cuando sepan que estoy encinta se olvidarán de mí.

Annie puso cara de espanto.

—Pero no está encinta, señora.

—¿Y tú cómo lo sabes? Tuve un esposo, Annie, no es tan difícil.

Pero ella la ayudaba con el aseo y sabía bien que había tenido la regla hacía unas semanas. Sin embargo, guardó silencio. No era tan osada como para enfrentarla.

A media tarde, luego de darse un reconfortante baño caliente y meterse en la cama sucedió lo inesperado.

Angelica se encontraba ensimismada leyendo uno de los libros recomendados por el conde cuando su doncella apareció mirándola con cara de tragedia. Algo pasaba, por supuesto, estaba más rara que de costumbre.

—¿Qué sucede ahora Annie? Por favor, deja de balbucear, no entiendo lo que dices.

—El conde me ha pedido que la llame, quiere hablar con usted.

Angélica sonrió con expresión traviesa.

—¿Quiere hablar conmigo?

—Sí, señora y tiene prisa. Se ve algo enfadado. No ha tenido un día bueno.

—Está bien. ¿Y eso qué tiene? Me ha llamado otras veces.

Al parecer él la echaba de menos. Quería verla.

Así que fue a cambiarse el vestido con rapidez y para ello le pidió ayuda su doncella. No quería ir con un vestido tan sencillo.

Miró en su ropero y escogió un vestido azul que realzaba su cabellera y sus ojos. Era muy bonito y elegante.

Tardó bastante en arreglarse y como había demorado el enojo del conde parecía ir en aumento.

Y cuando se presentó en la biblioteca sus ojos echaban fuego, pero algo pasó cuando la vio tan hermosa con ese traje azul.

—Buenas tardes señor conde, ¿deseaba verme? —preguntó ella sonrojándose inquieta.

Él sostuvo su mirada y su respuesta fue casi un gruñido.

Entonces ella se dio cuenta de que estaba muy enojado.

—¿Qué sucede?

—Una criada me ha dicho que tú no estás esperando un bebé, Angélica. Y que Annie te encubre en tus mentiras.

Rayos, no se esperaba eso. No tan pronto. Qué tonta era. Debió comprender que alguna de sus criadas esas fisgonas la habían delatado.

—No me mientas muchacha, no te atrevas a mentirme ahora. Dime la verdad. ¿Estás o no estás esperando un bebé de mi hijo?

Ella lo miró y se rindió, ¿qué otra cosa podía hacer?

—Lo dije porque no quería volver con mis padres, señor conde. He oído que hay unos rufianes en los caminos que roban mujeres y me asusté mucho.

Su respuesta no le sorprendió, pero seguía furioso por la mentira.

—Entonces no tendrás a mi nieto y todo esto ha sido una farsa. Me preguntaba cuándo rayos ibas a decirme la verdad. ¿Cuánto más ibas a engañarme, muchacha?

—No deseaba hacerlo, lo juro. Iba a decírselo, pero sé que ha estado muy triste por lo ocurrido a su hijo y pensé que no me escucharía.

—Pudiste decirme la verdad luego de que se marchó ese hombre, pudiste hacerlo. Pero esta mentira... A dónde te conduciría, me pregunto yo.

—Perdóneme. Iba a decirle, pero no me atreví.

Él dio vueltas y de pronto la miró.

—Creo que lo mejor será que te marches de la mansión. Que regreses con tu familia. Es lo mejor para todos y para ti. No es vida para una jovencita vivir encerrada, ya no tienes un esposo, eres viuda.

Angélica no esperó que tuviera esa reacción, esperaba que comprendiera, que la perdonara.

—¿Acaso dejará que me vaya ahora con esos bandidos sueltos? ¿Por qué mejor no me deja morir de hambre en la torre como hacían sus ancestros? Lo prefiero a ser atrapada y vendida como esclava.

—No digas eso, no es verdad, sabes que nunca te haría daño.

—Pero esos bandidos, Annie me contó lo que le hicieron a su hijo.

—No están seguros de que fueran esos malnacidos, pero los están buscando. Y no escaparán, te lo aseguro.

—¿Entonces debo regresar con mis padres? Es su decisión.

Él asintió.

—Es lo mejor para todos, Angélica, en especial para ti. Querrás verlos, estar a su lado.

—Mis padres sólo piensan en buscarme un marido. Quiero quedarme aquí, sería una buena esposa para usted. Lo juro.

Él la miró sorprendido por su audaz petición.

—Eso no puede ser ahora, Angélica. Acabo de perder a mi hijo, ¿crees que podría, que sería capaz de...? Tú eres una joven hermosa, encontrarás un esposo adecuado muy pronto, estoy seguro de eso.

—No quiero un esposo adecuado, quiero un hombre, lo quiero a usted. Por favor. No me rechace. Prometo obedecerle y velar por usted, le daría niños saludables y mi corazón. Yo lo amo señor Borromeo, estoy enamorada de usted hace tiempo y... sólo acepté esta boda para estar cerca de usted, eso era lo único que me daba consuelo.

Él la miró con intensidad, pero al parecer no quería rendirse, no quería que fuera su esposa. Ya no la deseaba. No podía entenderlo, ¿por qué la rechazaba así?

—Lo siento preciosa pero no puedo, no puedo sucumbir al deseo. No sería justo. Piensa un poco en lo que dices. Soy tu suegro. ¿Qué crees que pasará con nuestras familias? Pero eso no me importaría si esto fuera una buena idea. No lo es. Trata de entenderlo y no pienses que te rechazo sin excusas, por un capricho. También lo he pensado.

—Creí que necesitaba una esposa, pensé que me quería, que...

Él no dijo nada, parecía mirarla con pena lo que terminó de crisparla.

—Usted ha estado jugando con mis sentimientos, jamás pensé que todo era mentira que nunca... dios mío, qué vergüenza. Nunca me había sentido tan rechazada ni tan humillada en toda mi vida—declaró la jovencita y se alejó con los ojos llenos de lágrimas. No quería echarse a llorar y que pensara que era una mimada.

Él la había rechazado, ni su belleza ni juventud, ni su promesa de ser una buena esposa. Nada contaba para él.

Acababa de perder a su hijo, no parecía el mismo hombre con el que había charlado, compartido paseos y algunos momentos en el pasado, cuando todo parecía estar en su contra en la mansión él había sido tan amable con ella. Además, Rodolfo se lo había dicho a gritos, dijo furioso que su padre estaba enamorado de ella, que la deseaba y la escondía para reservarla para él. ¿Se habría equivocado? Tal vez ella pensó que él la quería, que la había reservado virgen para él, encerrada en sus aposentos llegó a imaginar que era su cautiva...

Apartó esos pensamientos junto con las lágrimas y corrió hasta su habitación y pensó que nada estaba bien en ese caserío llamado mansión. Ni los sirvientes, ni su amo, ni ella misma.

La había salvado de la brutalidad, la había cuidado, pero no la había reservado para ser suya un día como pensaba. No ahora. Ni ahora ni nunca.

Ella se lo había inventado y era una grandísima tonta. Annie le había advertido, ella le dijo en una ocasión que el conde era de esos hombres que sólo amaba una vez y sabía que sólo amaría a su esposa. A esa esposa fea, tan insípida y gorda. A ella sí la amaba, aunque sólo fuera un fantasma, un saco de huesos enterrado en el cementerio de la mansión.

Entró en sus aposentos y lloró, lloró sin ver a su doncella que la miraba con pena desde un rincón. Lloró hasta que ya no tuvo más lágrimas y entonces se quedó quieta mirando hacia la ventana.

—Señorita, le dije que era peligroso, no debió mentirle al conde—era la vocecita de Annie.

Ella la miró con gesto torvo.

—No es por eso por lo que lloro, boba, no es por eso.

La doncella la miró sorprendida.

—¿Por qué llora señora?

—No quiero hablar de ello, me duele demasiado... es tan doloroso.

—Lo siento mucho, señora, de veras. Siento verla tan afligida. Pero no tema. El señor conde está muy triste y por eso tal vez no fue amable esta vez y se enfadó mucho.

—Él fue amable Annie, ¿qué dices? Fue muy amable al rechazarme y decirme que no me quiere por esposa. Al parecer no necesita una esposa—su voz se quebró.

—Oh señora, no piense eso. Está muy lastimado y su único hijo murió. Él único que le quedaba. Lo ha perdido todo. Trate de entender. Ningún hombre podría reponerse tan rápido y buscar una esposa. ¿Es que no lo entiende? Está devastado. Se siente atormentado, culpable de la desgracia que sufrió su hijo.

Angelica comprendió que se había precipitado al hablarle, que en realidad eran los hombres quienes debían cortejar primero a una mujer y hablarle cuando ellos consideraran que debían hacerlo. Era lo que se estilaba. Pero ella era apasionada e impulsiva y la aterraba tener que abandonar la mansión y decirle adiós.

—Entiendo lo que me dices, pero es que no pensaba en eso, creí que si le hablaba... yo lo amo, Annie, estoy enamorada del conde. Supongo que ya lo sabes.

—Sí, lo sé. La forma en que usted se sonroja en su presencia, la forma en que habla de él...

Se hizo un incómodo silencio, hasta que Angelica habló.

—Annie, ¿tú crees que le importo? ¿Crees que siente algo por mí? ¿Por qué entonces me rescataría de su hijo cuando quiso lastimarme? ¿Por qué seguir mis pasos, preocuparse por mí?

—Es que no lo sé señora, el conde jamás habla de sus sentimientos con nadie. Sabemos de él por lo que percibimos y adivinamos, pero jamás ha hablado de usted conmigo.

—Nunca?

—Señora, los caballeros jamás hablan con sus criados de sus asuntos privados.

Angélica se quedó pensativa.

—Es verdad, soy una tonta al pensar que él podría hablaros de mí. Digo pensando que... al parecer sigo aferrada a un imposible. Mejor será que regrese a mi casa y olvide todo esto. Me hará bien alejarme de ese hombre Annie, no hay otra alternativa.

—No diga eso. Voy a echarla de menos si se va. Quédese. No puede irse ahora, esa banda de bandidos la atrapará. Por favor, ni siquiera lo piense.

—El conde me lo ha dicho Annie, él dijo que era mejor que regresara con mi familia.

—Pero no puede irse ahora, no hasta que atrapen a esos bandidos. El señor no puede hacer eso.

—Yo quiero irme Annie, no me quedaré aquí. No soy más que un estorbo para el conde. Mi matrimonio fue un error. Todo esto ha sido un triste malentendido, algo que salió mal desde el principio. Jamás debí venir aquí, pero mis padres me obligaron, ellos me forzaron a esa boda, jamás quise casarme con Rodolfo.

Ya no importaba, lo único que debía hacer era regresar a su casa cuanto antes. Para ser nuevamente entregada a algún otro hombre desagradable como Rodolfo. Ese sería su destino. Jamás podría escoger esposo ni volvería a enamorarse. Todo su plan de convertirse en la esposa del conde había fallado. Ni siquiera podía intentar acercarse a él. Ya no. Todo había terminado y había perdido, debía aceptarlo.

****

El falso sirviente

El tiempo no hizo que viera las cosas con más calma, los días pasaron, fríos, helados y solitarios. Confinada en sus aposentos, dando cortos paseos a media mañana procuraba mantenerse muy alejada del conde y de sus parientes que habían ido a visitarle esos días.

La familia Borromeo era un clan extraño y cerrado, compartían charlas frente al fuego, veladas musicales, risas y también secretos. Y a pesar de ello el conde prefería mantenerles alejados pues no vivían en la mansión sino a varios kilómetros.

Angelica se sentía como una intrusa ante su presencia pues tuvo que participar de varios almuerzos y cenas para no parecer descortés y porque el conde se lo pidió.

Pero procuró mantenerse distante, alejada en lo posible. No estaba de ánimo para fraternizar y era algo molesto tener que charlar con las primas de su marido que tenían su edad y no dejaban de hablar hasta por los codos. Todo era muy tenso y se sintió aliviada de poder regresar a sus aposentos. Su rincón, su pequeño mundo.

Una mañana fue a llevar los libros pues los había leído todos y no sabía si escogería alguno más. Se sentía deprimida y triste y no estaba de ánimo para leer.

No podía dejar de pensar en el conde el día entero, lo viera o no, tanto daba, si era amable o distante, no lograba quitárselo de la cabeza. Por momentos quería largarse, pero siempre buscaba una excusa para quedarse. Le daba miedo pensar en volver a su casa con esos bandidos acechando.

Pero debía irse y lo sabía, debía juntar sus pertenecías y marcharse con lo poco de dignidad que le quedaba.

Dejó los libros en un rincón y buscó alguno para reemplazarlos, por si tenía que quedarse.

—Angelica.

Su voz le provocó un sobresalto.

El conde estaba sentado allí leyendo un libro y no lo había visto.

—Siento haberla asustado.

—No se preocupe, es que estaba distraída y no lo vi. Le he traído los libros.

Se alejó con el corazón agitado por el miedo y la emoción.

—Puedo recomendarle otros si lo desea.

—No, no quiero. Pronto regresaré a mi casa y no serán necesarios.

Él la miró con fijeza.

—¿Se irá? —le preguntó con extrañeza.

—Es lo mejor. Vivo encerrada y esta mansión nunca fue mi hogar en realidad.

—Pero lo es ahora. Como viuda de mi hijo.

—Eso no me complace. Ni quiero ser un estorbo, señor conde.

Él la miró con fijeza.

—No es un estorbo, es la hija de un viejo amigo de mi padre. Puede quedarse el tiempo que desee.

—¿Y por qué me quedaría? Mis padres me han pedido que regrese.

Algo tenía que decir, algo que no fuera explicar la verdadera razón de que quisiera marcharse.

—Angelica, aguarde por favor. No son caminos seguros.

—Vine hace meses sin que nada me pasara señor Borromeo, ¿por qué me pasaría ahora? —dijo ella y tenía razón.

—Pero están esos hombres desalmados que hacen mucho daño a las mujeres. Si algo le pasara no me lo perdonaría. Por favor, olvide la idea de marcharse ahora, se lo ruego. Escuche, lamento que nuestra última conversación fuera tan desafortunada. Por favor, considere quedarse un tiempo más, por lo menos hasta que logren apresar a esos bandidos. No podría soportar que algo malo le pasara por mi culpa.

Ella lo miró sorprendido pues era la primera vez que veía al conde suplicar y le parecía extraño.

—Pero usted dijo que era lo mejor—respondió Angélica apartando la mirada.

—Sí, lo dije, pero ahora hay un mal acechando allí afuera y temo por tu vida si te vas ahora. Es mi deber moral protegerte, cuidarte, vuestros padres...

Ella lo miró fastidiada. Cuidarla. Protegerla. ¿Para quién? ¿Para qué?

—No, no tiene que cuidarme, ya no soy su parienta y no soy más que un estorbo. Así que por favor le pido que me deje ir ahora. Que me ayude a regresar a casa de mis padres. Aunque no me agrade la idea todavía me queda algo de dignidad, ¿sabe?

Él la miró espantado.

—¿Y acaso he herido su dignidad, la he humillado o tratado mal aquí?

Esas palabras la enfurecieron porque habría querido decirle que sí, que la había humillado al rechazarla, pero tenía orgullo, diantres, y lo que menos quería era arrastrarse y exigir atención.

—Usted sabe de qué hablo, por favor, deje de hacerse el tonto.

—¿El tonto?

—Tan soberbio, tan altivo. En ocasiones me pregunto si es humano y si es hombre.

Lo dijo, estaba sacada, fuera de sí, se sentía burlada, humillada y vilmente estafada en esa seducción, al recibir tantas atenciones para que luego le dijera que no. Peor que eso, haber sentido que ella le gustaba mucho como mujer, pero no se atrevía ni quería decírselo, para no mostrar debilidad ni comprometerse y entonces le hizo creer que eran imaginaciones suyas.

Y al sentirse desafiado se enfadó, pero al enfrentar su mirada decidió retroceder.

—Lo siento, señorita, siento haberla ofendido.

Angélica se esforzó por no avanzar más pues no quería terminar llorando, ni rogando, ni humillándose ante él de nuevo.

—Está bien, ya no importa. Al parecer todo fue un malentendido, malinterpreté su interés con algo más.

Él iba a negarlo, o a disculparse de nuevo, sorprendido de su reacción como si no esperara que dijera eso. Estaba incómodo, eso era evidente, molesto y muy incómodo porque no estaba acostumbrado a que una mujer despechada como ella lo enfrentara y le dijera las verdades en la cara.

—Está bien, no importa. Olvidé lo que le dije, sólo envíame a mi casa con una guardia eficiente por si los malhechores interceptan mi carruaje. Sólo eso le pido ahora. Déjeme ir.

Cuando dijo eso último su voz cambió y sintió que esa no era su voz sino un gruñido salvaje de una animal herido y acorralado, porque ella no quería irse, pero entendía que el honor y la dignidad, que su orgullo maltrecho debía resarcirse de alguna forma, alejarse y correr, irse muy lejos para luego poder lamer sus heridas en soledad.

Tal vez su firmeza lo desarmó además de crisparlo un poco, no lo sabía, pero finalmente aceptó que ella quería irse y que él podía proporcionarle una comitiva preparada para llevarla sana y salva a su casa. No era tan difícil. Había hombres robustos que sabían disparar pistolas en esa mansión, un buen número alcanzaría. Los bandidos no se atreverían a enfrentarse a hombres armados y fieros.

—Lo haré, ¿pero y si algo sale mal y termina usted cautiva de esos demonios? —le preguntó.

Ella sonrió levemente. De nuevo buscaba una excusa, de nuevo esa mirada que le decía todo lo que su boca sellada parecía incapaz de pronunciar. Labios sellados y un corazón de hielo, sí, y sin embargo estaba allí, había algo y lo sabía, algo sentía ese hombre por ella y eso le dio esperanzas, pero también tristeza y desazón.

—No puedo vivir con miedo por culpa de unos bandidos. Ya he tomado una decisión, señor Borromeo y le ruego que cumpla su palabra. Déjeme ir. Déjeme regresar con mi familia porque no hay nada más para mí aquí y lo sabe. No tengo esposo ni una familia, ya no tengo una razón para quedarme.

Sus palabras lo crisparon, lo notó, pero no dijo nada. Aceptó su derrota.

—Está bien, comprendo sus razones señorita, organizaré una comitiva para que puedan escoltarla hasta su casa.

—Se lo agradezco.

Él asintió y Angélica supo que la entrevista había terminado y tomó los libros sin casi ver qué se llevaba.

—Le avisaré en cuanto disponga de la comitiva. Es un viaje muy largo y ahora no dispongo de esos hombres, lo siento.

Ella aceptó sus disculpas y se retiró. Estaba decidida a irse, pero no quería que la hiciera demorar, no quería más demoras innecesarias.

Regresó a su habitación sonrojada al recordar sus miradas, al sentir su perfume y el calor que parecía emanar de su piel a pesar de ser un hombre tan frío.

Tenía que sacarse a ese hombre de la cabeza, tenía que olvidarlo y aceptar que no podía ser. Y sin embargo luego de hablar con él se sentía absurdamente feliz y reconfortada como si esa charla le diera alguna esperanza de algo.

Trató de distraerse leyendo una serie de cuentos de una antología de tapa dura muy interesantes, pero no logró concentrarse, no dejaba de pensar en el conde pues por primera vez había visto al distinto en sus ojos, por primera vez había visto que sentía algo por ella y eso la llenaba de emoción, pero también le causaba dolor.

****

Sin embargo, una semana después, todo estuvo listo para su partida. El conde había logrado reunir una comitiva de veinte hombres armados. Veinte. Cuando supo ese detalle miró a su doncella con expresión incrédula. Pensó que exageraba. Por un par de bandidos no era necesario tanta escolta.

Angélica pensó que el conde exageraba pero que al menos tenía la certeza de llegar sana y salva a su casa. Que era lo que quería, a fin de cuentas. Alejarse de esa mansión le haría mucho bien y trataba de pensar en eso, de convencerse de que no había otra alternativa.

Partiría mañana a primera hora sin mirar atrás.

—El señor conde me ha pedido que no lleve puesta ni una joya que sea valiosa, señora Angelica. Por favor. Nada que pueda despertar la codicia de los hombres.

—Así lo haré, por supuesto. Pero todos saben que soy una rica heredera, ¿verdad?

Annie no supo qué decir a eso.

—Me apena que se marche señorita, voy a echarla de menos.

—También te extrañaré Annie, nunca había tenido una amiga como tú. Tal vez regrese algún día sí él me pide que sea su esposa, no vendré de visita. Si me marcho ahora, si me voy, será para siempre. Supongo que todo cambiará cuando regrese a casa—respondió ella pensativa.

—Oh señorita por favor no se vaya, me da mala espina todo esto, esos bandidos no se detendrán ante nada, son muy crueles y usted será un bocado demasiado sabroso para ellos. ¿Por qué no se queda un poco más?

—No puedo vivir con miedo, Annie. Ni tampoco con la esperanza de algo que temo que nunca vaya a suceder. Soy un estorbo para tu señor, además, no sabe qué hacer conmigo. Tiene otros asuntos en qué pensar ahora, asuntos mucho más importantes al parecer.

Su doncella la miró desesperada, no quería que se fuera, era extraño que una sirvienta fuera así y más extraño que una señora se encariñara tanto con una simple criada.

—Señorita perdóneme por lo que voy a decirle, pero creo que usted también es importante, él la quiere señorita, estoy segura de eso, pero cree que no es correcto, que lo juzgarán si desposa a la viuda de su hijo—dijo en un arrebato.

—Annie, eso no es cierto. Si le importara un poco intentaría retenerme, pero no lo ha hecho, ha aceptado muy bien el hecho de que decida irme. Debo irme, llevo demasiado tiempo aquí encerrada y mi marido murió. Ya nada me ata a este lugar. Jamás debí casarme con Rodolfo, jamás debí aceptar esa boda, ese fue mi error. Pero no podía negarme y desobedecer a mis padres. Ahora entiendo que sí debí negarme porque al final no hay recompensa por ser buenos en esta vida, Annie, no hay recompensa en la obediencia.

—No diga eso, por supuesto que la hay. Sólo es que las damas ricas como usted no pueden escoger marido, las bodas de los ricos siempre son concertadas pero tal vez ahora tenga más suerte.

Trataba de consolarla como hacía siempre. Sabía que no tendría suerte y que seguramente escogerían para ella otra esposo igualmente joven y palurdo. Nada más morir su primer esposo y sus padres ya buscaban un candidato.

La deprimió bastante pensar en el día de mañana, en cómo sería su llegada, no sentía ningún entusiasmo ni le daba consuelo pensar en sus padres.

******

Despertó cansada y aturdida, había tenido sueños extraños con el viaje y se incorporó inquieta, nerviosa con la sensación de que un grupo de bandidos estaban allí, en la mansión buscándola.

—Señora Angélica, ¿qué tiene?

—Los bandidos, Annie, están aquí—balbuceó ella.

Su doncella puso cara de terror.

—Oh no diga eso, atraerá el mal. Despierte... era sólo un mal sueño, sólo es eso.

Angélica miró a su alrededor asustada pensando que realmente los bandidos estaban allí, en algún lugar y le llevó un buen rato recuperarse y comprender que debía partir cuanto antes para que pudiera atravesar la propiedad y por consejo del conde, se desviarían y tomarían el tren para poder regresar antes de que fuera noche cerrada a su casa. No estaba muy lejos en realidad, pero debía seguir un atajo para poder llegar ese día.

Sin embargo, a la hora de partir Angélica se sintió muy nerviosa, asustada, no dejaba de pensar en el horrible sueño que había tenido.

Y cuando el conde fue a despedirse y le habló tuvo que aguantarse para no echarse a llorar, sin saber por qué se había puesto muy nerviosa. No escuchó ni entendió nada de lo que le dijo y asintió por mera cortesía.

—Gracias por salvarme de mi esposo, por cuidarme, señor Borromeo—dijo luego.

Él la miró sorprendido. Pues su esposo era su hijo y había encontrado un triste final, sus palabras no eran oportunas y lo supo, pero ya era tarde para disculparse o decir algo.

—Estarás bien, llevas un séquito de hombres armados que velarán por ti.

Ella asintió y no pudo evitar las lágrimas en sus ojos. Ahora el conde sabría que era una niña que lloraba como si le hubieran robado un dulce o algo que quería tener a cualquier precio: a él.

Se alejó para que no viera su desdicha ni las lágrimas que empezaban a recorrer sus mejillas. Avanzó como un condenado rumbo a su ruina porque sabía que algo muy horrible le esperaba cuando estuviera allí afuera, sola frente a esos demonios. Miró a esos sirvientes que parecían fornidos, eran un grupo numeroso, pero eso no le dio tranquilidad. No se sintió segura con ellos. O quizás simplemente se sentía desvalida porque sabía que nunca más regresaría a la mansión ni volvería a ver a Adriano Borromeo, su primer amor. Ese hombre que tanto tiempo la había fascinado y que soñó con un día poder convertirse en su esposa.

Se encaminó hacia el carruaje y de pronto se detuvo para echar una última mirada a esa mansión inmensa llamada mansión, antigua y legendaria residencia de la familia Borromeo. Pero no miró sólo la casa, lo vio a él parado mirándola sin saber si la miraba con tristeza o satisfacción por haberse librado de ella.

Entró el carruaje sin mirar atrás. Mejor no volver a mirarla, ni tampoco ver la casa. Su fallido matrimonio, su amor malogrado todo parecía desdibujarse como el triste paisaje que la rodeaba. Ese día gris y helado de invierno que sabía que nunca olvidaría.

Pero luego de que el carruaje arrancó notó con disgusto que tres criados se sentaban a su lado y uno de ellos la miró con osada fijeza.

Bajó la mirada nerviosa. No le parecía adecuado que esos hombres viajaran allí, en el carruaje, tan cerca de ella. Debió enviar a una criada o al menos algún pariente cercano. ¿Serían sirvientes de confianza o la venderían a ese grupo de bandidos para sacar provecho de ella? ¿Sabría que estaba enamorada en secreto de su señor y por eso la despreciaban?

No conocía a esos hombres, pero en verdad que recluida en sus aposentos no conocía a ninguno de esos criados, se veían rudos y todos tenían esa mirada oscura insondable que parecía guardar secretos. Uno de ellos no dejaba de mirarla con osadía al punto que otro le dio un codazo y le dijo algo. El joven sonrió y volvió a mirarla con una sonrisa.

—Lo siento, es muy hermosa —dijo.

Y Angélica lo escuchó, pero fingió que no lo había oído. Se preguntó por qué el conde la había dejado ir con ese par de criados irrespetuosos que la miraban como si fuera una moza bonita a la que deseaban cortejar.

—Tranquila señora, está a salvo con nosotros. Nada malo le pasará. Traemos pistolas —dijo de pronto el atrevido mozo de ojos negros. Él parecía muy atento a sus gestos y ya se había dado cuenta que estaba nerviosa. Que había llorado.

¿Qué debía responder a eso? Miró por la ventanilla y procuró ignorarlo.

El carruaje avanzó a gran velocidad y ella cerró los ojos para que la dejaran en paz. Pensó que mataría el tiempo, que el viaje se haría más rápido, pero todo el tiempo se sintió intranquila, llena de malos presentimientos. Sentía que estaba a la deriva, vulnerable con todos esos hombres mirándola como lobos hambrientos. En especial ese, que vestía como mozo de cuadra y parecía muy fiero y atrevido.

Lamentaba no haber llevado ella una pistola y poder usarla si las cosas se ponían difíciles.

De pronto vio algo extraño en ese criado, sus manos anchas no eran tan ásperas como la de los demás y sus botas se veían nuevas y algo más, llevaba una gruesa cadena de oro en su cuello.

Él notó enseguida que lo estaba mirando con fijeza y le sonrió.

—Has despertado preciosa, pensé que dormías—dijo.

Angélica se sonrojó cuando le habló así y de pronto lo vio distinto a los demás, la barba bien rasurada el mentón redondeado y los ojos, hasta su cabello algo largo se veía brillante y oscuro.

—Eres muy osado muchacho. Supongo que piensas que porque estoy aquí y me cuidas puedes faltarme el respeto, pero deja de hablarme como si fuera vuestra parienta o tu amiga, no soy tu amiga.

Él sonrió cuando dijo eso.

—Sólo quería charlar para que el viaje no se hiciera tan largo, lamento haberla disgustado, señorita.

Hasta en la forma de disculparse era atrevido, pero Angélica no dijo nada. Sólo quería llegar a la estación de tren sana y salva y olvidarse de ese sujeto y los demás, le molestaba que ya no lo reprendieran y tuviera libertad de espiarla y descubrir además que hablaban entre susurros.

Viajaron algunas horas hasta que comenzó a sentir hambre y sed, y recordó que apenas había probado algo al despertar. Pero viajarían un par de horas hasta llegar a la estación, no podían detenerse a comer.

De pronto el carruaje se detuvo, lento pero inexorable y los hombres se miraron perplejos y uno de ellos sacó una pistola.

Angélica supo que algo pasaba cuando el mirón se acercó a la ventanilla y vio algo que lo dejó tieso y enseguida le dijo algo a los demás y la miró.

—Debemos detenernos, algo pasó con el cochero, quédese allí, no se mueva ni salga, ¿comprendió?

Angélica se asustó.

—¿Son ellos? ¿Los bandidos?

—Esperemos que no, llevamos una comitiva de veinte hombres armados. No podrían detenernos, pero por las dudas, no salga, espere aquí. Iremos a ver.

—Tú quédate a cuidar a la señorita, Elías, nosotros iremos a investigar.

A ella no le hizo gracia quedarse con ese joven ni tener que soportar que se sentara a su lado y la mirara con descaro.

—Bueno, como tú digas.

En el instante en que dijo eso se oyeron gritos y disparos a la distancia y Angélica tembló. Eran ellos, los bandidos, pero su acompañante no estaba asustado, estaba pegado a ella.

—No grite, señorita, todo estará bien. la llevaré conmigo para que esté a salvo cuando todo este jaleo termine.

—¿Qué ha dicho? ¿A dónde me llevará?

Él sonrió mientras la miraba sin ocultar que estaba encantado de cuidarla y llevarla no sabía a dónde.

—La llevaré conmigo, a menos que prefiera que la entregue a esos bandidos que están allí afuera, ellos darán cuenta de usted y luego la venderán como esposa en la subasta. ¿Prefiere eso?

Angélica se sintió acorralada y vio por la ventanilla que tenía razón pues un grupo de hombres a caballo estaba atacando a los hombres que los escoltaban.

—Pero ¿qué ha hecho? Ha traicionado al conde. Usted...

No entendía qué pasaba, pero no se movió de donde estaba, gritar y pedir ayuda no estaba en sus planes. Sintió que temblaba y su corazón latía acelerado y quiso escapar, correr muy lejos, pero sabía que si salía de ese carruaje la atraparían los bandidos.

Él la sujetó al ver que perdía los nervios y la envolvió en sus fuertes brazos de hombre rudo.

—¿Qué hace? ¿Por qué hace esto? ¿Es que se volvió loco? El conde lo matará. Mis padres...

—Oh eso no pasará, el conde la dejó escapar. No la quiere al parecer o es un imbécil. de haber sido mi huésped jamás la habría dejado ir.

Ahora hablaba distinto, hasta su voz parecía haber cambiado.

—¿Quién es usted? ¿Por qué hizo esto? Lo matarán, lo matarán cuando lo atrapen.

—No me atraparán y cuando lo hagan será tarde, porque ya habrá caído en mis garras y tendrá un hijo mío en su vientre, se lo aseguro.

—¿Un hijo? ¿De qué habla? ¿Acaso se ha vuelto loco?

—Luego lo sabrá y esta vez no habrá un suegro lujurioso que la salve de caer en mis garras señorita, cuando la convierta en mi esposa tendrá que entregarse a mí sin ofrecer resistencia.

Angélica se sonrojó al comprender que ese hombre sabía todo y además estaba loco.

—¿Usted sabía todo lo que pasaba en la mansión Borromeo?

—No. Pero un sirviente mío me lo contó todo con detalles. Dijo que el conde la deseaba y que ambos se la disputaban, padre e hijo. Y que usted arañó y golpeó a su marido en su noche de bodas y gritó tanto que tuvieron que intervenir. Su doncella le contó a mi sirviente que todavía es virgen, ¿es eso cierto? ¿Es viuda y virgen?

Angélica sintió que estaba a punto de volverse loca.

—¿Quién es usted? ¿Me ha estado engañando, embaucó al conde no es así?

—Sí y también hice correr esa historia de los asaltantes de los caminos que raptan mujeres y demás. Mire hacia afuera. No hay rufianes, sólo mis fieles servidores. Trabajan para mí y acaban de dar muerte a los mozos que le proporcionó su suegro, señora. No eran muy buenos al parecer.

—¿Quién es usted? ¿Acaso lo conozco?

Él sonrió.

—No. No me conoce. Y jamás habrían aprobado que pidiera vuestra mano, pero ahora deberán aceptar que entre en su acaudalada familia. Soy Lorenzo de Rímini. Supongo que habréis oído hablar de mí.

Angélica palideció. Los Rímini D'Anunzio eran una familia maldita, el abuelo de ese joven se había enemistado con sus parientes, los Cipriani a causa de unos linderos, hubo muertes, secuestros, rapto y también pillaje. Decían que habían hecho el dinero de forma sucia y por eso ningún caballero decente ni de buena familia habría aceptado que su hija se casara con un heredero de tan sucio linaje. Pero como tenían dinero compraban a sus esposas prácticamente o las raptaban como acababa de hacer ese joven. Su madre le había hablado de él, le había advertido... no podía creerlo que su siniestro vaticinio fuera a hacerse realidad.

—¿Eres Rímini D'Anunzio? Tú eres el nieto de Amadeo...

—Sí, el mismo.

—No puede ser... esto no puede estar pasando —balbuceó aterrada—¿Por qué, por qué lo has hecho? —su voz se quebró.

Él sonrió.

—Tu padre debe dinero a mi familia, él no lo sabía, pero pidió dinero prestado para pagar una deuda y cuando mi padre quiso perdonarle a cambio de tú fueras mi esposa se negó indignado, dijo que nunca lo permitiría. Pero tiene una deuda con mi padre y no la ha pagado. Tú serás la paga preciosa. Te haré muchos retoños y además todos sabrán que me quedé con la novia más guapa del condado.

—¿Tu intentaste raptarme ese día, meses antes de mi boda? ¿Eras tú?

Él asintió.

—Y también quise matar a tu esposo antes de la boda, pero fallé, pero no pudo escapar ese día, cuando supe que se había enfadado con su padre.

—Tú mataste a mi esposo?

Sonrió.

—No podía dejar escapar esa oportunidad, llevo vigilando esa casa desde hace meses.

Angélica se sintió horrorizada.

—Te tenían encerrada en esa torre, confinada, era imposible sacarte de allí, pero he estado muy cerca de ti preciosa y supe que no te escaparías. Tú eres mía y ese maldito no debía tocarte. Hice que bebiera de una hierba y sufriera impotencia. El imbécil acusó a su padre. No quería que te tocara, ni él ni su padre. ¿Creías que no te deseaba, que era inmune a tus encantos? Ninguno habría podido desvirgarte jamás en esa mansión por eso lo hice.

—Eres un maldito. Y te he visto antes, ahora recuerdo, tú estabas siempre merodeando en la pradera, me espiabas. Recuerdo esa cruz extraña que llevas en el pecho.

—¿Te acuerdas de la cruz?

—Y de tus ojos malignos. Mi padre creyó que era el barón chiflado, Tadeo Galeano.

—No, no era el barón chiflado, pero hace tiempo que sigo tus pasos y te observo esperando el momento en que pudiera hacerte mía, ¿por qué no podría tener una esposa tan hermosa como tú? ¿Por qué tengo que conformarme con una fea y flacucha? Te quería a ti, tú me gustas, te veía en la iglesia del pueblo, tan orgullosa y bonita con tu cabello rubio y sedoso y perfumado, me acercaba a ti sólo para sentir tu olor. Ese día iba a llevarte, iba a hacerlo y te habría salvado de esa boda nefasta, lo habría hecho. Rodolfo era un malnacido, ultrajaba a cuanta moza se negará a él con la ayuda de sus amigos. Era un cretino y estaba harto de él, sabía que nunca te concedería la anulación como le habías pedido, nunca te dejaría ir y se fue luego de robarle a su padre dinero y joyas.

Angélica miró por la ventanilla y vio que se alejaban y dejaban atrás el grupo de jinetes caídos, sin sus caballos y otros ocupaban su lugar siguiendo el carruaje. La nueva comitiva.

—Estás loco Lorenzo, estás loco. Y no me casaré contigo para pagar una deuda de mi padre. No lo haré. el conde te atrapará o mi padre lo hará, no creas que este rapto quedará impune.

Él la miró con una sonrisa mientras la sujetaba y la obligaba a sentarse junto a él de malas maneras.

—Claro que te casaras conmigo preciosa, no querrás que me enfade y decida vengarme. Sabes lo que hacemos con quienes nos desobedecen, pequeña. Tú conoces nuestra historia, ¿no es así?

Angelica asintió y se quedó allí paralizada, sin saber qué hacer. ahora más que nunca recordaba su horrible sueño de la noche anterior con los bandidos.

Jamás lo había siquiera sospechado, su padre se lo ocultó deliberadamente, le hizo creer que ese sujeto que quiso raptarla con un grupo de bandidos era el barón. Y el conde no pudo saberlo, seguramente también se lo ocultó para ocultar su vergüenza de haber hecho tratos con gente tan malvada como esa. El honor estaba primero.

—Ahora ven aquí, quiero sentir tu olor, eres tan hermosa y deliciosa pequeña. Soy tan afortunado—dijo y le dio un beso ardiente y salvaje. Pese a su resistencia y protestas atrapó su boca y su cuerpo, inmovilizándola para que no pudiera escapar. Y eso era solo el principio. Angélica se resistió y forcejeó con ese canalla, pero no pudo impedir que la besara un buen rato.

Se sintió furiosa y desesperada, el señor no podía ser tan cruel, eso no podía estar pasando. Rezó para que el conde supiera del rapto, se enterara del complot y fuera a buscarla. Pero imaginó que ese bandido lo había planeado bien y nadie sabría dónde encontrarla.

—Suéltame, no me hagas daño por favor. Soy inocente de los negocios de mi padre, de sus deudas.

Él sonrió.

—No te haré daño si te rindes a mí, preciosa, pero si te resistes o intentas escapar no vacilaré en atarte a la cama y darte azotes siempre que lo merezcas. Ríndete ahora y no intentes causar problemas o lo lamentarás. Ya es tarde para deslindarte del problema, tu padre sabía que parte del trato era tu mano en matrimonio, mi padre se lo advirtió y él se negó a cumplir el trato. Se negó a pagar su deuda como habían acordado. Ahora eres mía, y en cuanto lleguemos a la estación subirás al tren sin decir palabra. Si gritas o pides ayuda, si armas jaleo te aseguro que lo lamentarás. Nadie te ayudaría, lo sé, diré que eres mi esposa y nadie se atrevería a interferir, pero ese hecho me disgustará y despertarás mi mal carácter y no te gustará verme enfadado, te lo aseguro.

Angélica lloró asustada cuando le habló así, la mirada de loco que le puso le crispó los nervios, toda esa situación la tenía muy nerviosa. No haría nada por supuesto, no quería que ese hombre malvado le diera una paliza. Aunque jamás había recibido una hasta su noche de bodas, nunca más permitiría que un hombre la tratara así.

Tenía que buscar una manera de pedir ayuda y escapar cuando tuviera la oportunidad, no ahora.

Se quedó dónde estaba acurrucada y a solas con ese bandido. Un hijo de Rímini D'Anunzio, la peor familia con la que uno podía emparentarse. No quería ni pensar en los planes de ese maledetto, si lo hacía se volvería loca. Confiaba en que sus padres supieran del rapto y lucharan por ir a buscarla, que el conde se enterara del cruel asalto sufrido a sus hombres. Un rapto salvaje como ese no podía pasar desapercibido.

****

La promesa

Cuando llegaron a la estación miró con ansiedad a su alrededor, pero no vio a nadie conocido, sólo sintió un par de miradas de curiosidad. Tenía puesto un bonito vestido negro, el cabello recogido y el sombrero de luto que debía llevar por su esposo, pero ese pillo la había jalado y al verse en un espejo de la estación notó que su peinado estaba en desorden, suelto, como si fuera una colegiala y no una dama viuda.

Él se acercó al espejo y la atrapó por detrás de forma posesiva. Su mirada maligna la crispó y quiso rechazarlo, pero él la inmovilizó.

—Cuando lleguemos a casa quiero que tires esos vestidos de viuda tan tristes.

Ella lo miró mortificada.

—Debo llevar luto por mi esposo por un año.

—Eso no pasará, además tú ni siquiera lo querías, al contrario, odiabas a Rodolfo Borromeo.

Lo sabía, sabía que peleaba sin parar con Rodolfo.

Ella lo apartó, pero no logró gran cosa, sus modales eran terribles, pero ¿qué podía esperar? su familia era detestable.

—Pero era mi esposo, le debo respeto, no puedo abandonar el luto.

—Mucho respeto, pero tú suegro quería hacerte suya, lo habría hecho, aunque tú no quisieras. Tuviste suerte de que te dejara ir. Pero lo hizo obligado, por temor al qué dirán. Te aseguro que eso no volverá a pasar, mataría a mi padre si te mirara como mujer, pero sé que es incapaz de hacerlo, no sólo porque es un anciano—rio divertido y luego la besó allí frente a todos, faltándole el respeto, despertando miradas de curiosidad.

— ¿Qué miran ustedes? Es mi prometida y pronto será mi esposa—dijo a los cuatro vientos.

Todos miraron con fijeza, ese salvaje no hacía más que llamar la atención cuando debía hacer lo contrario, por supuesto sólo un Rímini D'Anunzio podía comportarse así. Angélica se crispó y lo soportó todo porque no podía hacer otra cosa. Le tenía mucho miedo a ese hombre y sólo rezaba para que el conde llegara de un momento a otro y la librara de ese demonio, aunque estuvo muy tentada a gritar y pedir ayuda mientras esperaban la llegada del tren, no lo hizo.

Estaba hambrienta y cansada, casi mareada por toda la aventura y no habría tenido fuerzas para correr, además ¿a dónde habría corrido? Estaba rodeada de extraños y no se fiaba de nadie en esos momentos y aunque la aterraba pensar que ese rufián pudiera salirse con la suya, no quería terminar muerta en una zanja ni forzada a complacer a un bruto el resto de sus días. Lo de la venta de esposas no era un invento, ella lo había oído hacía tiempo y por eso ningún padre sensato dejaba ir sola a su hija a ningún lado y al anochecer siempre debía estar en su casa. Su pueblo dejó de ser un lugar seguro, corrían historias siniestras, rumores y a pesar de ello el conde había dejado que se fuera con una importante escolta. Rumbo a su antiguo raptor que había planeado todo eso desde hacía tiempo. no lo podía creer, ciertamente que no podía entender...

—Ya está aquí, debemos subir al tren.

Ella lo miró aterrada, tenía razón, apareció de la nada la locomotora una máquina haciendo un ruido infernal. Él tenía los boletos, acababa de sacarlos y viajarían en primera clase. Ya no vestía como un sirviente, se había quitado los andrajos en cuanto llegaron a la estación y ahora lucía traje y gabán y el cabello peinado hacia atrás, prolijo. Habría sido guapo si tuviera mejores modales, habría sido guapo si lo hubiera conocido en otras circunstancias, pero ahora sólo lo veía como un feo diablo raptor. Un bruto sin modales que le había advertido que le daría palizas si le causaba problemas en el futuro y conociendo a su familia sabía que era muy capaz de cumplir sus amenazas.

Ya encontraría la forma de escapar, pero ahora al ver que nadie aparecía en la estación sintió un horrible nudo en el estómago y un deseo irrefrenable de correr. ¿Dónde estaba el conde, dónde estaban sus hombres? Nadie siguió su rastro, nadie sabía que había sido raptada. Lo sabrían cuando ya fuera demasiado tarde.

Él supo que algo pasaba pues de repente se le acercó y le dijo al oído:

—Ni lo intentes, pequeña. Ven conmigo y no hagas ninguna tontería.

Angélica lo miró asustada.

—No me siento bien, estoy mareada. No resistiré un viaje tan largo.

Su respuesta lo sorprendió.

—¿Mareada?

—Sí, estoy descompuesta, no miento, por favor. Llevo horas sin comer nada, viajando sin parar, sin un descanso. —dijo y como él casi subirla al tren de malas maneras sintió que todo se oscurecía a su alrededor y lo último que vio fue la mirada furibunda de ese bruto.

Lo siguiente fueron sus gritos, sus zamarreos para despertarla y la voz de un caballero que le dijo que así no se trataba a una señorita. Una mujer intervino y le acercó un frasco de perfume.

Angélica sintió que la llevaban de un lado a otro.

Volvió en sí cuando estaba en una cama inmensa que olía extraño.

—Está despertando—dijo alguien.

Su raptor la miraba con gesto torvo.

—Ya puede irse.

—No tiene buen color, su novia, señor.

Él la miró ceñudo y molesto.

—Tal vez le haga falta unos cachetazos para que tenga color en las mejillas, ¿qué piensas tú, niña?

Angélica miró a la mujer que tenía aspecto serio.

—Ayúdeme señora, avise al conde Borromeo. Este hombre me ha raptado y soy la viuda de su hijo Rodolfo.

Era ahora o nunca. La mujer la miró horrorizada y otro hombre intervino.

—Cállate maldita niña—le gritó Lorenzo y le dio un sacudón mientras la sujetaba con fuerza temiendo que quisiera escapar. Pero ella no tenía fuerzas, le dolía la cabeza y ese sacudón la dejó mucho peor.

—No te atrevas a pedir ayuda, si lo haces lo lamentarás y créeme.

Angélica se resistió, pero estaba muy débil y él cubrió su boca para que dejara de gritar y cayó sobre ella sin dejar de amenazarla.

—Señora por favor ayúdeme, me matará es un rufián como toda su familia. Por favor.

La mujer la miró asustada y le dio algo a su marido este debió ir en busca de ayuda pues mientras Lorenzo planeaba llevársela apareció un grupo de hombres armados con una escopeta. Se veían rudos y muy fieros.

—Eh tú deja en paz a la señorita, eres un rufián—dijo uno de ellos me y le apuntó con una escopeta mientras tres hombres entraban en la habitación y lo rodeaban.

Pero Lorenzo en vez de intimidarse silbó muy fuerte como si llamara a alguien.

—Suelta a la señorita ahora, rufián, se nota a la legua que no es tuya. Eres un malnacido y vistes como un pobre diablo.

—Es mía maldito sinvergüenza, es mía y te mataré si osas quitármela. ¿Sabes quién soy? Soy Lorenzo Rímini D'Anunzio.

—¿Lorenzo Rímini? ¿Jamás lo había oído y tú Giacomo?

Se miraron desconcertados.

Nadie conocía a los sucios D'Anunzio allí ni les temían y trataron a su raptor como lo que era, un bandido y se abalanzaron sobre él y este no pudo defenderse de los golpes.

Angélica abandonó la cama asustada y se arrastró hasta la puerta para escapar, pero entonces vio que se llevaban a su raptor golpeado y maniatado fuertemente con sogas.

—Esto no quedará así, ya veréis con quién os estáis metiendo maldita sea—gritó furioso mientras se lo llevaban.

La joven se detuvo y tomó aire, estaba a punto de desmayarse otra vez y la dueña de la posada lo vio.

Entonces vio a la mujer que la había ayudado, a la dueña del hostal.

A ella le dijo que había sido raptada por este hombre y que su nombre era Angelica Borromeo, la viuda de Rodolfo. En pocas palabras le contó lo sucedido y le rogó que le avisara al conde.

—Por supuesto, conocemos a ese caballero y supimos de la tragedia de su hijo. Descuide, avisaremos al conde Borromeo.

Angélica lloró y se sintió desfallecer. La posadera al verla tan alicaída le ofreció una bandeja con una sopa de verduras y pan recién horneado.

Estaba a salvo, pero no se sentía tranquila, no hasta que el conde llegara y la rescatara de ese horrible rapto.

No dejaba de pensar en lo que había pasado y le daba terror que ese rufián pudiera volver, todavía le dolían los brazos por la forma en que la había agarrado cuando comprendió que todo había terminado para él. La había amenazado con matar a su familia y no obedecía y sabía que los Rímini eran unos maleantes sin piedad.

—Señora, le traigo su maleta con ropa y sus cosas, estaban en el carruaje del caballero Rímini—dijo una doncella entrando en la habitación con una maleta y dos cajas grandes.

Angelica la miró agradecida, pero de pronto la jovencita se le acercó y le entregó un papel sucio y arrugado.

—El caballero le envía esto para usted, es una carta.

Tomó el papel temblando.

"No podrás escapar de mí, Angelica. Pero si lo haces, si realmente tienes suerte sabes lo que haré. Cobraré mi deuda de la peor manera y nadie te querrá por esposa porque lo habrás perdido todo: tu familia y tu abultada herencia. Pero si cambia de idea aquí estaré esperándote". L.R.D

La joven se estremeció al ver que ese malnacido le había escrito una carta amenazante luego de entregarle sus pertenencias y miró furibunda y asustada a la doncella a quien creyó amable.

—Sal de aquí ahora y dile a tu señor que no iré con él jamás—le dijo.

La doncella la miró con una expresión vacua y extraña y se marchó sin decir palabra.

Ese bandido trataba de amedrentarla y no se sentía a salvo, no hasta que el conde fuera a rescatarla, ¿pero querría hacerlo? Él la había dejado ir sabiendo que corría peligro, pero si volvía con sus padres, si regresaba a casa tal vez la obligaran a casarse con ese cretino para pagar su deuda. Se sintió tan desdichada entonces, pero prefería vivir de la caridad, escondida para siempre en la mansión de Toscana que tener que soportar un esposo tan demonio como ese. Era un diablo mezquino y cruel.

Comer le hizo bien, recuperó sus fuerzas y el mareo pasó, ya no se sentía tan débil y fue capaz de abandonar la cama.

Pero no se sentía tranquila ni a salvo, no hacía más que sentir angustia al oír voces y pasos en su habitación. De pronto miró sus pertenencias y se preguntó si sus joyas estarían allí guardadas donde las había dejado o ese bandido se las habría robado. Las buscó afanosamente revolviendo sin parar hasta que vio la bolsa de cuero con sus joyas escondida al fondo de la maleta y suspiró. Estaban allí. Valían mucho y lo sabía. Pero no se fiaba de los criados de esa posada, no se fiaba de nadie en realidad, ¿y si los amables anfitriones decidían entregarla a los secuaces de Rímini?

Tembló estremecida al pensar en ese hombre en lo cerca que estuvo de ser su cautiva y... debía descansar, estaba agotada y esperar a que el conde fuera a verla.

****

Despertó con el canto de los pájaros, cantaban tan fuerte, como si estuvieran en su habitación y de pronto no pudo saber dónde estaba y se asustó mucho.

—Tranquila, está a salvo, señora Angelica. El conde Borromeo está aquí.

Los pasados sucesos se agolparon en su mente causándole cierta conmoción.

–¿Y Lorenzo? ¿Dónde está?

La sirvienta la miró con pena.

—Ha desaparecido junto con sus hombres, escapó anoche y no han podido encontrarlo.

Angelica se estremeció de terror.

—Pero deben encontrar a ese sujeto, deben hacerlo—respiró hondo para tratar de serenarse.

—Oh, no tema, no se acercará, hemos estado despiertos casi toda la noche para evitar que se la lleve señora Borromeo. No podría entrar aquí sin ser atrapado.

—Es un hombre muy malo y peligroso.

—Sí, eso han dicho, pero no importa está a salvo. Trate de calmarse. Le aguarda un largo viaje y será mejor que coma algo.

Apenas pudo probar bocado, estaba muy nerviosa y ansiosa de ver al conde.

Casi lloró cuando lo vio entrar en la habitación minutos después. Estaba demacrado y nervioso, lo vio en su rostro.

—Angelica—murmuró. —Lo siento mucho, debí imaginar...he estado tan atormentado por lo que le ocurrió a mi hijo.

Ella lo miró con lágrimas en los ojos.

—Ese hombre lo hizo, fue él... Lorenzo Rímini.

Sabía que cuando el conde supiera la verdad la culparía, pero tenía el deber de revelar por qué había matado a Rodolfo.

La verdad salió de sus labios como un torrente sin poder contenerla, de cómo ese hombre malvado esperaba desposarla por una deuda de su padre y que al no poder hacerlo decidió vengarse, matar a su esposo y raptarla ese día. Venía planeándolo desde hacía tiempo y no esperaba fallar.

—Ha dicho que matará a mis padres, señor Borromeo. —dijo entonces y su voz se quebró—Dijo que si me negaba a esa boda los mataría, debe detener a ese hombre, debe hacerlo por favor.

El conde se quedó impactado por las revelaciones, había creído que la habían raptado los bandidos de los caminos, jamás pensó que todo había sido un invento de ese enemigo secreto agazapado en las sombras. Había oído hablar de esa familia, los conocía bien, eran prestamistas y bandidos, seres crueles y llenos de impiedad y no le sorprendía nada que el heredero actuara así pues su padre y su abuelo se dedicaron al pillaje en tiempos remotos para hacer dinero y durante años habían mantenido su fortuna y posición realizando negocios sucios, extorciones, préstamos usureros y bodas forzadas con ricas herederas. Su obsesión era hacer bodas con damas de familias remilgadas pero venida a menos para asegurarse que su linaje se ennobleciera a la fuerza como hacían todo en realidad.

El conde pensó en lo que pudo pasarle a Angelica y se estremeció, sólo ella le importaba ahora, ponerla a salvo y hacerla suya.

—Daré cuenta de ese malnacido cuando llegue la hora, pero antes debo ponerte a salvo a ti y a vuestra familia. Avisaré a vuestros padres de inmediato de lo que ha pasado y les pediré que vengan a la mansión.

Él la abrazó y la miró con fijeza y ella se sonrojó al sentir que estaba entre sus brazos y él estaba asustado por lo que pudo pasarle. Lo sentía.

—No quiero perderte de nuevo, no lo soportaría, jamás debí permitir que te marcharas y pensé... creí que querías irte y que era un egoísta al retenerte.

Ella lo miró emocionada y se le acercó con timidez y él no pudo resistirlo y la besó, le dio un beso ardiente y apasionado. Angélica respondió a él y se maravilló de después de horas de tanta angustia y sufrimiento pudiera estar entre sus brazos.

—Angelica, cuando lleguemos a la mansión quiero que seas mi esposa, si tú lo deseas... lo haré. quiero cuidarte y convertirte en mi mujer. Sé que no es correcto, que no está bien, pero me muero porque seas mía... hacía tanto que no sentía algo así por una mujer.

Ella lo miró sorprendida, incrédula.

—Quieres que seas tuya? —murmuró y se emocionó al ver que asentía con un gesto.

—Sí, por favor. Sé mi esposa, yo cuidaré de ti y seré un buen esposo si me aceptas. Cuidaré de ti, serás mi amor y mi tesoro, te cuidaré como mi tesoro. Soy un caballero, preciosa y sé que eres muy joven para mí y que fuiste la esposa de mi hijo y por eso durante mucho tiempo me torturé pensando que no era correcto. Quise hacer lo correcto, no era correcto que te deseara tanto y que hiciera de todo por cuidarte de mi hijo, por alejarte de él... pero ya me castigué demasiado por eso, ya hice penitencia y por esa culpa casi te pierdo para siempre. Ese hombre que te raptó es un cruel asesino y nada lo habría detenido para dañarte hasta matarte. Nunca más permitiré que ese demonio se acerque a ti, te lo juro.

—Oh Adriano, Adriano... siento que todo esto es un sueño. No lo puedo creer.

—Entonces, ¿te casarás conmigo? ¿Lo harás?

—Por supuesto que sí, te amo mi amor, te amo tanto y sólo quiero ser tuya para siempre. Tu esposa, tu mujer y sé que soy joven y algo impulsiva, tendrás que ser paciente con mis tonterías.

Él le sonrió y volvió a besarla.

—Siempre preciosa, soy un hombre muy paciente. Y sabes, luego de tu partida me sentí desolado y atormentado y con el corazón lleno de malos presagios, decidí ir a buscarte, sólo para saber que estabas bien. supe que algo andaba mal cuando llegué al camino que va a la ciudad y descubrí los cadáveres de los hombres que contraté para cuidarte. Llegué ayer a la estación al anochecer y tuve terror de que te hubieran llevado a la fuerza, hice preguntas y supe lo que había pasado y vine a buscarte. He estado aquí al lado montando guardia con mis sirvientes, pero no te dejaré, nunca más te dejaré sola preciosa. Has hecho latir mi corazón de nuevo, has despertado algo que creí que había muerto junto a mi primera esposa y sé que sólo puede ser eso que vuelve loco a los hombres y los impulsa a las mayores locuras. He luchado contra esto, contra mis principios, contra lo que es correcto, pero me has vencido.

Angelica lloró emocionada y se habría entregado a él en esos momentos, casi clamaba porque la hiciera suya pero la prudencia del conde hizo que se detuvieran a tiempo.

—Luego preciosa, cuando te conviertas en mi esposa. Quiero que seas mi esposa, que el señor bendiga nuestro matrimonio—le dijo al oído.

Angelica se sonrojó mientras secaba las lágrimas de su rostro. Era tan feliz, pero de pronto tuvo miedo por ese hombre que la había secuestrado, sabía que era muy cruel y nada lo detendría.

—Lorenzo debe estar cerca, Adriano, anoche se fugó de su cautiverio, no pudieron detenerle o eso me dijo la criada que vino esta mañana.

–Lo mataré en cuanto lo tenga frente a mí, te lo aseguro preciosa. Soy bueno con la pistola, pero no temas, tranquila. Estás a salvo ahora. Tranquila. Nunca más te dejaré ir—le dijo muy serio y luego le dio un beso ardiente, un beso que la hizo estremecer.

****

Regresaron ese mismo día, al caer la tarde, siguiendo un atajo por el bosque, con un buen séquito de sirvientes. De regreso a la mansión Borromeo como había soñado un día. No podía creerlo, casi sentía que era un sueño.

Había tenido tanto miedo de que ese malvado hombre apareciera de un momento a otro para arruinarlo todo.

Estaba exhausta y sólo quería descansar, darse un baño y comer. Esa aventura la había dejado extenuada, pero al fin estaba de regreso en la mansión. Su doncella se alegró de volver a verla, no así algunos criados que se alejaron luego de mirarla con extrañeza.

Había dos sobrinos del conde en la mansión que la saludaron gentiles, pero algo alarmados, sorprendidos por su inesperado regreso.

No tardaron en saber lo ocurrido de labios de su tío y este les dijo con suma calma que se casaría con Angelica en cuanto le fuera posible.

La censura estaba en sus rostros, en ambos, primero fue sorpresa, luego disgusto y algo similar ocurrió durante la cena de ese día, cuando el conde anunció a sus familiares su compromiso con Angelica. Era la viuda de su hijo, su hijo había sido asesinado, era todo tan extraño y siniestro.

Las felicitaciones fueron forzadas.

Pero en sus aposentos, la joven se dispuso a dejar el luto. No era oportuno llevarlo ahora, en verdad que ni siquiera había sido un verdadero matrimonio ni lamentaba demasiado la muerte de su marido, sólo porque eso causaba dolor a su padre.

Esa noche lució un vestido azul radiante, su fiel doncella corrió a atenderla, era la más feliz de su regreso.

Y mientras la peinaba le dijo:

—El señor Borromeo estaba desesperado, señora, cuando usted se marchó ... no había quién le hablara. Hasta que fue a buscarla, pensó que corría algún peligro, tenía un mal presentimiento, eso le dijo a su fiel sirviente Antonio, lo escuché.

Angelica se puso seria mientras se miraba en el espejo.

—Tenía razón, fui raptada por un rufián que estuvo merodeando aquí, en la mansión hace tiempo.

La criada se asustó y Angelica le contó todo lo que le había dicho Lorenzo.

—¿Cómo era ese hombre?

—Alto, cuadrado, de espalda ancha y fornido, aunque delgado. Mirada oscura y ... tal vez usó un disfraz para no ser reconocido, a lo mejor había espías suyos aquí.

—Oh no, señora, no hay criados espías, si algo así pasara se sabría.

—El conde dijo que hará preguntas y que investigará esto. Pero tal vez haya cómplices afuera, personas capaces de ser desleales con el conde por dinero, ese hombre tiene mucho dinero y es muy malo. Debió estar escondido él o sus hombres, no lo sé. Pero me aterra pensar que todavía queden espías.

—Eso no debe inquietarla, el señor no permitiría que le hicieran daño y, además, ahora será la esposa del conde y le aseguro que nadie se atrevería. Y si ese maldito dio muerte a su hijo hará justicia.

—Sí, lo sé, pero igual me da miedo Annie, me da mucho miedo ese hombre. Dijo que mataría a mis padres si huía de él.

Annie pensó que no debía tener miedo, que seguramente era un bandolero de poca monta como todos los de su calaña, pero su señor le daría su merecido en cuanto lo encontrara pues seguramente había dado cuenta a las autoridades de su rapto.

Angelica suspiró, su criada tenía razón, debía dejar de sentirse tan asustada, estaba a salvo en la mansión y, además, ese demonio no sería tan tonto de ir allí.

Sin embargo, durante la cena de ese día, aunque sintió la mirada ardiente del conde desde el otro lado de la mesa, sus familiares no ocultaron su sorpresa al enterarse del compromiso, pues el conde lo anunció esa misma noche. Tal vez nadie esperaba que contrajera matrimonio ahora, tan pronto, y mucho menos que desposara a la viuda de su hijo.

Fue su primo quien dijo que lo creía muy encomiable.

—Podréis cuidar de vuestra protegida —dijo.

Angelica miró al señor Paolo perpleja: ¿acaso la había llamado su protegida?

El conde sin embargo no dijo que la desposaba porque era su deseo hacerlo y todos creyeron que lo hacía para protegerla, aunque eso tampoco parecía ser del agrado.

A ella no le importó, pronto se convertiría en la esposa del hombre que amaba y eso la hacía tan feliz. No podía creerlo, no podía creer que pronto se uniría al conde Borromeo su amor de siempre. Su único amor.

Él la miró en silencio y luego, cuando la cena terminó la acompañó hasta sus aposentos. Había sido un día agitado, de muchas emociones y todavía estaba asustada por lo ocurrido, pero en su compañía todo lo malo se evaporaba.

Al despedirse le dio un cálido abrazo y le dijo:

—Nada debes temer ahora, estarás a salvo, preciosa. Nos casaremos en unos días, en cuanto hable con el padre Abelardo y lo convenza de celebrar una boda discreta a la brevedad.

Eso último la preocupó.

—¿Creéis que se opondrá?

—Oh no lo creo. Le diré que es necesario y jamás se atrevería a negarme la bendición ni la celebración de nuestro matrimonio.

Pero ella era la esposa viuda de su hijo, y a lo mejor el cura tenía escrúpulos de celebrar una boda tan pronto.

Él sonrió y la estrechó un poco más.

—No puede negarse, es un sacramento sagrado y vuestra boda anterior jamás fue consumada. No fue un verdadero matrimonio y él lo sabrá. Ten calma, todo saldrá bien.

Angelica sonrió feliz y reconfortada al sentir ese fuerte abrazo, era todo cuanto quería en esos momentos, pero sintió pena cuando se marchó, le habría gustado encerrarse en sus aposentos y hacer el amor, estaba más que lista para convertirse en su esposa y lo deseaba tanto... pero él era un caballero y sabía que esperaría a su noche de bodas.

Pero al besarla sintió cómo esos besos ardientes y apretados lo empujaban al deseo y la desesperación, a un deseo ardiente largo tiempo sofocado.

Y luchando contra ese deseo mientras la apretaba con fuerza contra él Angelica lo empujó rogándole que la hiciera suya esa noche con voz ahogada y sonrojándose por hacerle un pedido tan atrevido.

—Tuve tanto miedo de no volver a verte—agregó recordando el horrible rapto del día anterior. Todavía temblaba pensando que ese demonio podía llegar de un momento a otro y arrancarla de los brazos de su amor.

El conde la miró muy serio, agitado, sabía que se negaría, siempre había sido tan correcto.

Pero algo le pasó en esos momentos, algo lo hizo vacilar.

—También tuve mucho miedo de perderte, viví horas de terror al comprender lo que te había pasado—le confesó—Jamás debí permitir que te marcharas, no debí hacerlo.

—Llevadme con vos, por favor, no quiero dormir aquí sola, quiero dormir a tu lado y quedarme allí para siempre—le pidió ella sabiendo que era osada pero no le importó, lo miró suplicante y él no la rechazó como temía, la retuvo entre sus brazos sin dejar de mirarla mientras volvía a besarla.

—¿Estás segura de esto?

Ella asintió.

—Has prometido que me convertirás en vuestra esposa y lo haría igual porque te amo Adriano Borromeo y sólo quiero ser tuya para siempre.

El conde la miró muy serio, parecía emocionado pero tal vez no hacía más que luchar contra un deseo desesperado y de pronto, ella no esperaba que aceptara, pensó que tomaría su mano y la acompañaría a su habitación haciéndole comprender que era una locura y que debían esperar a su boda.

Lo cierto es que tomó su mano, pero no la llevó a su alcoba, sino que se alejaron. Él la llevó hasta el final del pasillo y se detuvo para mirarla.

—Angelica, no puedo hacer esto, no es correcto, pero si estás asustada puedes dormir en mi habitación, a mi lado—le dijo muy serio.

Ella sonrió y aceptó la invitación. Él cerró la puerta con llave y la jovencita notó que había cirios encendidos y toda la habitación olía a madera y a hierbas silvestres, menta, acebo...

Y una lumbre encendida para caldear los aposentos. Él tomó su mano y la llevó hasta la inmensa cama blanca.

—Puedes dormir aquí, preciosa, yo lo haré en la habitación de vestir—dijo y quiso irse, pero ella lo retuvo.

—No te vayas, quédate aquí conmigo, por favor—susurró.

El conde vio sus ojos, esos ojos dulces e inmensos y sintió que la tentación lo vencía, la tentación y un deseo ardiente y desesperado. Y sin poder resistirse se acercó y la tomó entre sus brazos y le dio un beso ardiente, un beso profundo y desesperado.

—Eres una joven tan hermosa, tan dulce y soy tan ruin y egoísta por querer hacerte mía—le dijo.

Pero ella no dejaría que se marchara, no dejaría que resistiera a sus encantos y lentamente se quitó el vestido con su ayuda, pues era imposible que lo hiciera sola. Ese vestido armado, lleno de faldas y su ropa interior, todo cayó el piso en señal de rendición y deseo y él tembló de deseo al verla allí desnuda, hermosa y voluptuosa, de formas llenas y tentadoras y sólo quiso despojarse de su ropa y llenarla de besos y caricias suaves. Luchaba por ser suave, porque en cuanto la tuvo entre sus brazos, rendida a él sólo quería recorrer su cuerpo con caricias y apretarla, apretar sus pechos y hacerla gemir de placer...

Hacía tanto tiempo que no hacía el amor con una mujer, que no se dejaba llevar por un deseo así de intenso y salvaje.

Pero debía contenerse porque Angelica era muy joven y no tenía experiencia, tal vez estuviera asustada...

Pero ella lo provocaba con una sonrisa, respondiendo a sus besos y gimiendo de placer al sentir las caricias. Abrió sus piernas, provocativa y él vio su sexo pequeño y húmedo. Su cuerpo era de fuego, era toda una mujer a pesar de ser tan joven y a pesar de ser virgen, pero algo en su mirada lo detuvo y fue ver su desconcierto y temor al verlo desnudo frente a ella. Estaba asustada, nunca había estado con un hombre, su hijo había sido tan desalmado con ella, tan bruto.

—No temas preciosa, no voy a hacerlo si no quieres, si estás asustada, me detendré ahora y olvidaré esta locura si me lo pides—le dijo.

Angélica lloró entonces.

—Por favor, no... no me dejes ahora, quiero ser tu mujer esta noche sólo es que no sé qué debo hacer, nadie me habló, mi madre sólo me dijo que me sometiera a un esposo, pero...

Él la abrazó al verla asustada y desconcertada. Era una joven apasionada y tierna, tan hermosa, pero todavía era una niña, una niña que ansiaba convertirse en mujer y él debía guiar con suavidad y delicadeza para que disfrutara ese momento.

—No tienes que ser mía esta noche, tal vez no estéis preparada—le dijo muy serio.

Pero no la rechazó, no se marchó, simplemente la abrazó y besó hasta que dejó de llorar y lo miró serena y sonriente.

—Sí quiero ser suya, sólo que no sé qué debo hacer.

—No tienes que hacer nada, preciosa, sólo entregarte a mí y dejar que expulse mi semilla en tu vientre. Eso va a dolerte porque todavía eres virgen y tu vientre está cerrado, pero si es muy doloroso...

—¿Es doloroso? —preguntó ella sorprendida. No lo sabía, su madre nunca le habló demasiado al respecto, sólo le dijo que tenía que quedarse quieta y soportarlo todo sin llorar ni quejarse. Que su marido sabría qué hacer y cómo hacerlo. Que nunca podría negarse a sus brazos porque ese era el deber de una esposa, entregarse a los apasionados abrazos todas las noches si su marido así lo quería.

—Nunca te han hablado de ello?

Ella vaciló.

—Mi madre sólo dijo que debía entregarme a mi esposo desnuda y dejar que... me hiciera un bebé. Pero no tengo miedo de eso, no tengo miedo de convertirme en su mujer.

Ella parecía asustada pero no quería que él se detuviera. Anhelaba sentir sus besos y caricias y ese abrazo atrapado que tanto le gustaba, nunca había sentido tanto amor en su piel, tanto cariño y afecto y, además, era el hombre que amaba.

Lentamente el miedo cedió, el miedo y el temor a dar ese paso a convertirse en mujer de un hombre que no era su esposo todavía, no le importó y de pronto al sentir que caía sobre ella desesperado y abría sus piernas para introducir su miembro muy despacio gimió y sintió que se humedecía y su corazón palpitaba enloquecido. Era como si él fuera un caballero y su cuerpo una fortaleza y ese caballero la asediara con su seducción de besos y caricias y ella decidiera rendirse y lo hiciera feliz, mareada por el gozo y porque lo sintió a cada instante. El dolor intenso fue acallado por la necesidad de ser suya, de convertirse en mujer, en su mujer y el deseo de darle un hijo, pues sabía que de ese abrazo nacían los bebés y los Borromeo tenía el don de hacer suya a una mujer y hacerle un hijo con una sola vez...

Tembló al sentir que hundía su miembro en ella y comenzaba a moverse en su interior, y le dolía, le dolía, pero le gustaba y lo abrazaba con fuerza para que no se detuviera mientras lloraba de emoción al sentir que nunca olvidaría esa noche ni ese momento. Estaban tan unidos en ese momento, tan apretados y juntos que podía sentir su deseo arder en su piel, sus besos eran tan ardientes y rodaron por la cama viviendo ese momento como nunca, y de pronto notó que la abrazaba con mucha fuerza y le introducía su miembro más adentro, tan adentro que sintió que no había quedado nada afuera y se detuvo un momento para saber si estaba bien. si le dolía, pero antes de que pudiera responderle le dio un beso ardiente, un beso desesperado mientras la rozaba con su inmensidad tan fuerte que no pudo evitar desparramar su simiente en su interior. Pudo sentirlo, ese líquido caliente llenando su vientre llegando hasta lo más profundo mientras el placer los envolvía, el suyo y el de ella.

Ese abrazo apasionado fue magnífico y no fue el único, pues luego de besarse y descansar y mirarse en silencio un momento él volvió a hacerla suya esa noche y sintió que estuvo toda la noche en su cuerpo, toda la noche la tuvo allí apretada y la hizo sentir que era su mujer y le pertenecía por completo.

Nunca más querría dormir sola, quería dormir como esa noche, abrazada a su marido pues, aunque no estaban casados todavía se había convertido en su esposa, en suya y sabía que también había sido especial para él. Se lo había dicho entre besos y caricias y Angelica se había emocionado hasta las lágrimas pues pensó que con el tiempo él llegaría a amarla, tal vez la amara ahora por haberla convertido en su mujer. Pero sabía que había sido especial, podía sentirlo, era suya, tan suya, los dos fundidos en un solo ser. Una experiencia única, la más hermosa y grandiosa que había sentido en su vida.

****

Despertó con mucho sueño y en verdad, quería seguir durmiendo, pero el conde la despertó con besos y caricias. Angelica sonrió cómplice al recordar la noche anterior y se alegró al saber que no había sido un sueño sino algo real.

—Preciosa. Debemos casarnos ahora, cuanto antes. Hablaré con el padre Abelardo.

Angélica lo abrazó y lo besó al ver que tenía planes de marcharse ahora que la había despertado, pero ella quería tenerle allí cerca un poco más.

—Aguarda, ven... es muy temprano.

Él no pudo resistir su llamado ni verla allí desnuda y anhelante, tan hermosa y se quedó abrazándola, haciéndola suya de nuevo, llevándola a ese momento con besos y abrazos tan apretados, haciéndola sentir su calor y su suavidad. Porque era un hombre fuerte pero delicado, tan amoroso y tierno en la intimidad, y no tuvo reparo ni escatimó en tiempo hasta que estuviera preparada para ese momento.

—Eres tan hermosa Angelica, tan dulce y suave... y yo que pensaba que querías ser monja.

Ella sonrió tentada.

—Quería ser tuya, Adriano, sólo tuya... pensé que habías ido a pedir mi mano.

—Preciosa, jamás pensé... nunca he mirado con buenos ojos que hombres de mi edad desposen a jovencitas, no es justo y pensé que ... siempre sentí que era muy viejo para ti, lo soy en realidad.

—Pero eres un verdadero hombre, eres el hombre con el quise casarme siempre. Nunca me han gustado los jóvenes de mi edad. Te amo a ti por favor, no digas eso, no lo digas de nuevo. Quiero ser tu esposa, quiero darte muchos niños, sueño con llevar un hijo tuyo en mi vientre, será tan maravilloso.

Él la miró embelesado, encantado de que deseara ser su esposa y darle un hijo.

—Preciosa, no temas, hablaré con el padre Abelardo ahora. Le pediré que nos case de inmediato—le respondió. Parecía preocupado, algo mortificado por lo que acababa de pasar entre ellos y por algo más que Angelica no comprendió.

Ella habría esperado que su respuesta fuera otra, que le dijera que la quería y se sintió insegura.

Pero no podía quejarse ahora, había sido suya y ya era su marido, aunque no estuvieran casados. Era un sueño, se quedó tendida en la cama sin fuerzas para moverse mientras recordaba con detalle cómo había sido su primera noche de amor junto al conde, cada momento, cada instante...

****

Se casaron al día siguiente, en una ceremonia íntima a la que asistieron los más allegados, aunque se enviaron luego las invitaciones para avisar que se habían casado para que todos sus vecinos y amigos se enteraran del enlace.

Angelica escogió un vestido color rosa, aunque no era blanco como se estilaba, era el más bonito que tenía y además era nuevo pues formaba parte del ajuar de novia de su primera boda. Como no había tiempo para confeccionar un vestido usó el más hermoso y sin estrenar que tenía.

Y mientras su fiel doncella peinaba le dijo que quería llevar el cabello suelto pues a su esposo le gustaba más así.

La forma en que dijo mi esposo llamó la atención de la doncella y esta se sonrojó como si supiera que habían pasado la noche juntos. Pero a la novia no le importó, recordó con deleite cómo él primero había soltado su cabello antes de desnudarla por completo y mirarla embelesado, con una mirada llena de fuego y de deseo.

—Se ve muy hermosa, señora Angelica—dijo Annie—se ve tan radiante y enamorada.

Angelica sonrió feliz.

—Es que lo amo, Annie, lo amo y temo que todo esto sea un sueño y que ese bandido aparezca y lo arruine todo otra vez.

—OH eso no pasará, señorita, tranquila. El señor ha dado órdenes de que busquen a ese demonio y lo encierren hasta que confiese todos sus crímenes.

—Pero no han podido encontrarlo.

—Ya lo harán, usted no debe tener miedo.

Angelica pensó que debía apartar esos pensamientos tristes, era el día más importante de su vida, el día que finalmente se casaría con el hombre que amaba y no podía tener esos temores. Todo saldría bien y debía disfrutar cada momento. Estaba algo nerviosa sí, pero el conde fue a buscarla a la habitación para llevarla él a la capilla pues su padre no estaba presente y era mejor así, ella se lo había pedido.

Al verla tan bella y radiante la miró y besó sus manos en gesto respetuoso.

Pero lo más emocionante fue el instante en que el padre Abelardo los declaró marido y mujer y su marido le colocó el anillo de oro y rubíes de los Borromeo en su dedo y le dio luego un beso suave mientras la envolvía lentamente entre sus brazos. Cuando la tuvo allí tan cerca deseó tanto que la hiciera suya pero lo más bello fue sentir luego su mirada de orgullo y pasión al recordar la noche de amor que habían compartido. Ella sonrió deseando que la fiesta terminara para poder estar a solas con su marido. Lo deseaba tanto y se sonrojó cuando él la miró de esa forma pues sintió que también se moría por hacerla suya en esos momentos. Y cuando abandonaron la capilla lo hicieron abrazados y felices.

Ya era su esposa, al fin lo era, llevaba su nombre y ese anillo como símbolo de la ceremonia y de la unión duradera.

Fueron juntos al salón dónde sólo se haría un discreto banquete, un almuerzo junto a los más allegados y no habría fiesta ni baile en respeto al luto que llevaba el conde.

Angelica notó algo distante a su esposo durante el banquete, pero cuando se le acercó él le sonrió y besó su mano con un gesto de cariño. Estaba imaginando cosas, el conde no era un hombre extrovertido, era callado y muy reservado y en verdad que su boda era algo anómala y extraña. La novia no había pensado en eso, tan ansiosa estaba por atrapar a ese hombre y llevarle al altar luego de que la hiciera suya la otra noche...

Angelica pensó que debía aceptar los hechos sin pensar tanto, estaban casados y nadie podría arruinar su felicidad.

Participaron del almuerzo y recibieron el saludo de sus parientes más cercano y cuando la reunión languidecía y muchos se marchaban un sirviente anunció la llegada de los padres de la novia.

La joven se puso pálida al verlos entrar en el gran salón sin más ceremonia, iban de la mano, caminando lento pero muy decididos en su cometido y sin ocultar el disgusto que esa boda les provocaba. Esa boda repentina, precipitada que no contaba con su autorización. La novia podía leer en su rostro sus pensamientos uno a uno. No estaban felices y parecían ansiosos de hablar con el conde y quejarse. Angélica tembló y apartó la mirada cuando ambos la miraran como si fuera una criminal por esa boda tan apresurada e inoportuna.

—Señor Borromeo, hemos venido a buscar a nuestra hija que ha enviudado y ahora nos dicen que se ha casado, que usted la ha desposado esta mañana—dijo su padre sin rodeos.

Estaba furioso y muy ofendido, se le notaba en la cara. a pesar de los años su mal genio estaba intacto y también la forma en que exteriorizaba cuando algo no le agradaba.

El conde parecía sorprendido por las visitas inesperadas y por las palabras con que su suegro lo felicitaba por la boda.

—Lo siento mucho, señor Valenti, lamento no haber podido avisarle de nuestra boda, pero ella fue raptada por un infame caballero y creí mi obligación y mi deber como su tutor, convertirla en mi esposa. Ella me ha aceptado y no veo impedimento alguno para celebrar nuestra boda. Por supuesto que ha sido una boda discreta dadas las circunstancias.

—Un rapto infame. ¿De qué habla señor conde?

Angelica habría querido responderle, pero no era correcto que hablara, su marido lo hizo en su lugar y su padre supo con detalles de cómo su hija fue raptada por Lorenzo Rímini con la excusa de que su familia mantenía una deuda con él y queriendo así cobrar su deuda.

—Esto ha sido muy inesperado, no tenemos deuda alguna con ese caballero. Pero sí habíamos prometido la mano de nuestra hija al hijo del conde Erasmus D'Amici. Hace tiempo que quiere a nuestra hija y pensamos que era lo más adecuado ahora que la pobrecita había quedado viuda.

—Me temo que eso ya no podrá ser, Angelica es ahora mi esposa, señor Valenti.

Angelica notó que su padre se ponía tenso y volvía a preguntar por ese infame hombre hijo de los Rímini D'Anunzio, unos seres detestables y peligrosos.

La tensión pasó mientras se sentaban y su marido les contaba lo ocurrido. Ahora esperaba poder atrapar a ese pillo y para eso había enviado a sus hombres y dado aviso al alguacil, pero todavía no había noticias de sus hombres.

—Comprendo que hizo lo mejor para salvar a nuestra hija, señor Borromeo sólo que nos ha sorprendido que al llegar con las intenciones de llevarnos a nuestra niña nos enteremos de su boda.

El conde se disculpó por la premura, pero no estaba dispuesto a ceder un ápice. Su matrimonio ya había sido consumado y no estaba dispuesto a renunciar a su bella esposa. Ni ella querría que eso pasara, acababa de entregarse a él y había demostrado estar más que lista para ser su mujer. Pero eso no podía decirlo en voz alta.

—Señor Borromeo, no tiene que sentirse obligado a cuidar de nuestra hija, esta boda puede deshacerse, ha sido tan repentina—dijo el conde Valenti con cierto gesto tenaz.

Angelica sintió que se les iba el alma a los pies porque notó que su esposo estaba disgustado con la sugerencia, pero vacilaba. ¿Acaso la devolvería a sus padres luego de que le había hecho el amor la noche anterior y la otra? Se sonrojó inquieta.

—Lo siento mucho, siento que mi boda con su hija lo disguste, pero Angelica aceptó ser mi esposa y el matrimonio es sagrado, señor Valenti. Y le aseguro que no fue un acto impulsivo, aunque eso parezca.

El conde lo miró ceñudo, ¿qué quería decir exactamente con eso?

—Padre por favor, intenta comprender. Ahora soy la esposa del conde Borromeo.

No, no podía entenderlo, era indecente y escandaloso, todos lo pensaban pues se acababa de casar con quien fuera su suegro no hacía mucho tiempo atrás, a pesar de que sólo su padre tenía la osadía de oponerse y decir con franqueza que esa boda no le parecía acertada ni una buena idea en realidad.

—Padre, por favor.

—Hija mía, no os juzgo, temo que os han seducido de la forma más vil. Al parecer usted no fue a mi casa a buscar una esposa para su hijo, fue a mi casa porque quería una esposa para usted conde Borromeo.

Era el grito de guerra, eso y que lo acusara de haber seducido a su hija.

Pues ellos no podían entender que la jovencita se hubiera enamorado locamente de quien era el padre de su marido y su familiar más cercano. Veían esa boda como un ardid de lujuria y seducción pues Angelica era una beldad del condado, la más bella flor a miles de millas a la redonda mientras que ese caballero era un hombre que casi llegaba a la cuarentena, viudo, reservado y un hombre honorable. Hasta ese día por supuesto.

Un hombre que había sido muy respetuoso de la memoria de su difunta esposa a quienes todo sabían había amado con locura, él jamás mencionó que quisiera casarse, pero sí su hijo. Pues quería que este le diera nietos y herederos para su magnífico linaje.

Pero era un hombre y había sucumbido al encanto y la belleza fresca y radiante de su hija y sin siquiera pedir su mano la había desposado. ¿Lo hizo para protegerla del infame raptor o lo hizo porque se había enamorado de ella mientras era la esposa de su hijo? Ese asunto era muy turbio y no le gustaba. No le gustaba nada. Era una boda apresurada y se preguntó si acaso podía deshacerse.

Angelica notó que sus padres estaban disgustados con la boda y los miró nerviosa, temía que intentaran algo, pero trató de pensar en otra cosa.

—Por favor, señor Giacomo, quédese junto a su esposa. Lamento no haber podido avisarle a tiempo de nuestra boda.

¡Y encima se lo decía! Ese conde debía estar loco. Como todos los de su estirpe.

Su esposa lo miró y le susurró:

—Ten paciencia querido, no puedes hacer nada, ya están casados.

Lo estaban por supuesto, por desgracia.

Y cuando estuvieron a solas le dijo que luego de ese horrible rapto que había sufrido su hija en manos de ese bandido era un milagro que Borromeo la quisiera por esposa.

—Nadie debe saber de ese rapto, Emilio. Por favor. Nadie debe saber que ese sinvergüenza... mucho nos tardamos en venir, el mal tiempo, tu mala salud... ahora ya está hecho. Procura disimular.

El conde se quedó sombrío, la mención del hijo de esos bandidos lo crispó.

Y su esposa era muy sensata y tenía razón. Una dama raptada caía en desgracia y lo único que podía aspirar a que su raptor la desposara. Por suerte ese horror no había ocurrido.

—Supongo que tienes razón, querida, me he puesto de mal talante y eso no es bueno. A fin de cuentas, ahora es el esposo de nuestra hija, me agrade o no... y espero que esta vez le dure su marido.

—Oh Emilio por favor, no digas eso. Si la pobrecita no tuvo ninguna culpa.

—Su matrimonio no iba muy bien, ella misma te dijo que quería pedir la anulación—dijo su esposa.

El conde Valenti carraspeó.

—Bueno, el conde sabrá dominar su m al genio mejor que nadie, creo que siempre fue mucho más apropiado que su hijo, aunque confieso que todo esto me da mala espina... que un hombre se case con la viuda de su hijo es bastante extraño, inusual. No está bien visto y me pregunto qué dirán sus parientes, sus vecinos y sus amistades. No había nadie en su boda.

—Él lo quiso así y en realidad creo que ha querido salvar el honor de nuestra hija Emilio. Luego de ser raptada por ese tunante... Dios mío, lo que debió sufrir en manos de ese bandido, no quiero ni pensarlo, pero ahora estará a salvo, nadie podrá mencionar ese asunto ni dudar...

—No es sencillo para mí, ese hombre le dobla la edad a nuestra pequeña, siempre pensé que un esposo debía tener siete años o hasta diez más que su esposa, más es demasiado. Quedará viuda siendo joven y volverá a estar desamparada.

—Eso no lo sabemos, querido. El conde es un hombre de mediana edad, ha de tener treinta y ocho años.

—Y nuestra hija apenas diecinueve.

—Pero ella se ve feliz, está contenta con su boda y los vi charlar y conversar hoy cómplices. Él no la obligó a casarse, ¿crees que habría podido convencerla si ella no sintiera alguna inclinación por él?

Su esposo la miró espantado.

—¿Qué estás insinuando mujer? ¿Que nuestra hija quiere a ese hombre?

Ella asintió.

—Conozco bien a Angelica y ella estaba radiante, como no lo estuvo el día de su boda. Ella nunca quiso casarse con Rodolfo, pero tal vez en este tiempo llegó a hacer amistad con el conde Borromeo y esa amistad se convirtió en amor.

—¿En amor? ¿Crees que realmente se enamoraron?... Bueno, de todas formas, eso no está bien mujer, era su suegro. Era reprobable, y censurable. Inadmisible.

—Ya no lo es, ahora es su esposo. Todo eso quedó atrás querido.

—Pues no creo que sea correcto, enfrentarán la censura de su familia, de sus amigos, de todos. Serán malmirados por un capricho amoroso y eso no está bien.

—Tal vez sea como tú dices querido, al principio, luego lo olvidarán, todo se olvida cuando hay una boda con un caballero tan importante como el conde Borromeo. Ahora nuestra hija será condesa y será la reina de esta magnífica propiedad. El conde es infinitamente rico y de un linaje soberbio. Es un buen hombre, de moral intachable, algo que su hijo no era...

Su marido se puso serio y no tuvo nada que objetar, pues luego de la muerte del joven secretos vergonzosos de su pasado salieron a la luz, seducciones, raptos, abusos y varios bastardos en la comarca. Ninguna jovencita guapa estaba segura si el hijo del conde y sus amigos estaban cerca.

Por eso quiso buscarle esposa y por desgracia, escogió a su hija... porque él le había dicho que, si lo obligaba a casarse, quería que su esposa fuera la bella Angelica Venturini.

Ahora nada podía hacerse. Debía aceptar que el conde Adriano Borromeo era el nuevo esposo de su hija, su yerno, aunque le pesara... todavía le costaba hacerse a la idea, pero su esposa tenía razón, ya estaba hecho, el matrimonio no podía deshacerse y esta vez su hija no podía echarle en cara que la forzara a una boda pues ella misma lo había hecho.

****

Ajena por completo a las maquinaciones de sus padres, Angélica se reunió con el conde en sus aposentos nupciales.

Se sonrojó al verle llegar y sentir su mirada intensa, entonces no pensó en la escena que le habían hecho sus padres, sino en que era su noche de bodas y sería su primera noche juntos como marido y mujer. Anhelaba que la tomara entre sus brazos y la hiciera suya y aguardó impaciente a que la abrazara y la besara y él lo hizo, se le acercó y la miró muy serio. Y entonces le quitó despacio las trenzas que formaban una corona para ver su cabello suelto suave y perfumado y sin dejar de mirarla se le acercó y la besó con suavidad y la miró embelesado.

—Eres tan hermosa pequeña, tan dulce y hermosa—le dijo.

Ella lo miró sintiendo su corazón acelerado por ese beso y su mirada tan intensa, tan llena de pasión y deseo. Era su esposo ahora, su hombre, su marido y eso era algo tan importante, era un sueño hecho realidad. Y se estremeció cuando la tomó en brazos y la alzó para llevarla a la cama, fue maravilloso sentir que ahora era su marido y que no debían esconderse para estar juntos y hacer el amor, nada estaba prohibido, nunca más debería tener miedo, era suya, tan suya como sólo lo había sido en sueños.

Y sin embargo seguía siendo tímida, como si entregarse a él no fuera correcto o como si sintiera vergüenza al verse allí, indefensa, completamente desnuda. Él sonrió al ver que se cubría y retrocedía.

—No temas preciosa, ahora eres mi esposa—le dijo al oído y se desnudó deprisa para abrazarla y rodearla con su calor mientras atrapaba sus labios y su cuerpo a la vez, con la urgencia que tenía de sentirla, de hacerla suya no tardó en hacerla suya, pero antes la llenó de besos y caricias y Angelica cerró sus ojos al sentir que sus besos se detenían en su femenino rincón, besos húmedos y apasionados que la dejaron temblando, estremecida de placer...

—No, no. —dijo débilmente al comprender sus intenciones, pero ya era tarde, la tenía atrapada y no quería liberarla. Ni ella se resistió cuando sintió esas caricias ardientes y prohibidas que la dejaron húmeda y temblando, estremecida al instante en que él caía sobre ella para poseerla, para tomarla como su mujer, suya. Gimió al sentir esa inmensidad atrapada en su interior y sin embargo su apasionado abrazo era quien la tenía cautiva, subyugada, era sentir que se perdía entre sus brazos y se convertían en un solo ser. Angelica sabía que nunca se había sentido así en su vida, y que jamás imaginó que podía ser así.

******

Sus padres se marcharon una semana después, despidiéndose en muy buenos términos de su marido, pero Angelica no tardó en notar que los sirvientes la miraban a hurtadillas y los lugareños no se presentaron para saludarlos por su boda, ni tampoco lo hicieron los parientes de su marido.

Fue como si todos se apartaran de repente y eso la apenó y una noche mientras hacía el amor con su esposo se lo dijo.

—Los criados no me aceptan como vuestra esposa, querido, me miran como si fuera una hechicera.

El conde se preocupó cuando le dijo eso.

—¿Quién os mira así? Decídmelo y despediré.

—Todos, o casi todo, parecen espiarme y seguir mis pasos, pero siempre lo han hecho en realidad.

—Pues hablaré con el mayordomo para que despida al primero que se muestre osado y os falte el respeto.

Pero Angelica comprendió que no solo los criados parecían sentir rechazo por el hecho de que el conde desposara a la viuda de su hijo, los demás también. Y recordó con amargura las palabras de su padre antes de marcharse, cuando le dijo que él les daba su bendición, pero debía comprender que era una situación anómala y que sus vecinos y parientes no tendrían tanta misericordia con ellos. La palabra misericordia le pareció exagerada pero pronto comprendió que tenía razón pues una mañana Annie dijo que todos pensaban que ella había embrujado al conde, que primero había hechizado a su hijo y como este murió en extrañas circunstancias había decidido atrapar al conde y obligarlo a que se casara con ella.

Cuando Angelica comprendió lo que los pobladores pensaban de ella se sintió triste y rabiosa pues no era verdad. ella no era una bruja ni una mujer malvada.

Pero comprendió que debía seguir adelante e ignorar esas tonterías.

Su esposo era muy estimado en el condado, pero ella era forastera y los sirvientes nunca habían mostrado simpatía por ella y eso no debía afectarla, a menos que notara una conducta impropia.

Sin embargo, algo la preocupaba más y era la actitud distante y hasta hostil de los parientes de su marido. Angustiada le escribió una carta a su prima Elida que vivía en Provenza y otra a su hermana contándole sus pesares.

****

El tiempo pasó y algo más la apenó, no habían prendido a Lorenzo Rímini como esperaba pues este había negado todos los cargos y fue excusado del rapto pues lo hizo por razones románticas, aduciendo que el único culpable era el conde Venturini por haberle negado a su hija.

Adujo que había prometido su mano a él luego de que esta enviudara, algo que por supuesto era una vil mentira. Sin testigos, no pudo ser acusado.

No fue llevado a prisión, sólo fue advertido de que dejara de molestar a la señorita Angelica pues ahora era la esposa de un digno caballero y enfrentaría penas severas si se atrevía a acercarse a la nueva condesa Borromeo.

Lorenzo prometió solemnemente no hacerlo, pero también juró que no le hizo daño alguno a la señora Borromeo y ella tuvo que dar fe de ello para que todo ese infame asunto del rapto quedara olvidado.

Su esposo estaba furioso y todo el tiempo tuvo que morderse la rabia y la impotencia de ver cómo el asesino de su hijo quedaba libre. Lo peor de eso fue que los aldeanos murmuraron que había sido la dama quien sedujo a Lorenzo y lo empujó a cometer el crimen con promesas de que luego se convertiría en su esposa porque ella era una hechicera, una dama hermosa capaz de enloquecer a cualquier hombre.

Los rumores fueron tan maliciosos que cuando llegó la primavera ninguno de los amigos del conde Borromeo lo invitaron a sus fiestas y lentamente se alejaron, pues también llegaron a decir que él había dado muerte a su hijo para poder quedarse con su bella y malvada esposa.

El conde se sintió disgustado, la muerte de su hijo lo había afectado, pero lo indignaba que el culpable no fuera condenado y él fue muy astuto al negarlo todo, al decir que raptó a Angelica porque se enteró que el conde pretendía devolverla con sus padres, que no fue algo tramado de antemano y que jamás estuvo escondido ni espió a la joven esos meses antes de que ocurriera la tragedia.

No había testigos ni indicios y todos dijeron que a Rodolfo lo mataron un grupo de bribones para robarle las monedas de oro y las joyas que llevaba esa noche. Eso dijeron los abogados y juristas que investigaron el caso a fondo y aguardaban que el juez les diera la razón y absolvieran al acusado.

Tardaría meses y al conde le dio rabia tener que presentarse y llevar a su esposa y que todo ese asunto comenzara a salir en los periódicos aumentando todo y haciendo correr esas historias siniestras de que su esposa era una hechicera que lo había embrujado a él también.

A pesar de su orgullo y linaje, de su gran dominio de sí no pudo menos que enfurecer cuando supo de las habladurías. Y como no soportaba la hipocresía ni la falsedad y traición de aquellos a quienes creía sus amigos se alejó de todos ellos.

El tiempo pasó y finalmente el bandido fue absuelto de toda culpa en la muerte del heredero Rodolfo Borromeo por falta de pruebas.

Angelica se sintió apesadumbrada cuando lo supo, pero no dijo nada pues su lugar era acompañar a su esposo en esos momentos y mitigar su dolor.

Él era un esposo tan gentil y amoroso, ciertamente que estaba cada día más enamorada, más ahora que tuvo la certeza de que estaba esperando un hijo.

Y entre sonrojos le dijo a su esposo que no había tenido la regla desde la primera vez que tuvieron intimidad y pensó que la profecía de que los hombres Borromeo embarazaban a sus mujeres con tocarlas una sola vez era verdad, acababa de descubrirlo pues luego de esa noche de amor y pasión no había vuelto a tener la regla ni una vez.

Cuando se lo dijo él la besó y se emocionó, sus ojos tenían una mirada especial.

—Qué maravillosa noticia, querida, me hace tan feliz... —le dijo y la abrazó con fuerza, desnuda y cálida contra él, su mujer, su joven mujer, lo había hecho sentir vivo de nuevo y era tan feliz.

—Tú me hiciste este bebé, tú me hiciste mujer—su voz se quebró y lloró porque también se sentía emocionada y tan dichosa. Había deseado tanto darle un hijo y ahora lo llevaba en su vientre. —Te amo Adriano, te amo más que a mi vida y soy tan feliz contigo, tan feliz como nunca soñé y prometo ser siempre una esposa buena para ti, una esposa de la que puedas sentirte orgulloso.

Él la miró emocionado y feliz, la miraba con tanto amor y luego en un arrebato la atrapó entre sus brazos y le dio un beso ardiente.

—Tú eres mi orgullo, preciosa y no tienes que hacer nada, sólo ser como eres siempre. Siempre. Estoy loco por ti, loco de amor.

Angelica tembló de emoción cuando le dijo eso, no podía creerlo, pero sí, lo había dicho, le confesó que estaba loco por ella y que la quería. Rayos, ¿qué más podía pedir? En esos momentos era la mujer más feliz del mundo.